A valsa esquecida

Anne Enright

A valsa esquecida

Tradução
José Rubens Siqueira

Copyright © Anne Enright 2011

Todos os direitos desta edição reservados à
Editora Objetiva Ltda.
Rua Cosme Velho, 103
Rio de Janeiro — RJ — Cep: 22241-090
Tel.: (21) 2199-7824 — Fax: (21) 2199-7825
www.objetiva.com.br

Título original
The Forgotten Waltz

Capa
Mateus Valadares

Imagem de capa
Matthew Salacuse/Getty Images

Revisão
Tamara Sender
Raquel Correa
Lilia Zanetti

Editoração eletrônica
Abreu's System Ltda.

Proibida a venda em Portugal.

CIP-BRASIL. CATALOGAÇÃO-NA-FONTE
SINDICATO NACIONAL DOS EDITORES DE LIVROS, RJ

E52v

    Enright, Anne
      A valsa esquecida / Anne Enright ; tradução José Rubens Siqueira. - Rio de Janeiro : Objetiva, 2012.

    229p.   ISBN 978-85-7962-162-8
    Tradução de: *The forgotten waltz*

      1. Romance irlandês. I. Siqueira, José Rubens, 1945-. II. Título.

12-5509.   CDD: 828.99153
                                     CDU: 811.111(415)-3

A valsa esquecida

Prefácio

Se não fosse a criança, nada disso teria acontecido, mas o fato de a criança estar envolvida tornava tudo muito mais difícil de perdoar. Não que houvesse alguma coisa a perdoar, claro, mas o fato de uma criança estar envolvida na coisa toda nos fazia sentir que não havia como voltar atrás; que era importante. O fato de uma criança ser afetada significava que tínhamos de nos encarar adequadamente, tínhamos de continuar.

A menina tinha nove anos quando começou, mas isso não importa nada. Quero dizer que sua idade importa pouco porque ela sempre foi especial — não é essa a palavra? Claro que toda criança é especial, toda criança é bonita. Sempre achei Evie um pouquinho peculiar, devo confessar: mas também especial, no sentido antiquado da palavra. Havia nela uma beleza estranha, excêntrica. Frequentava uma escola comum, mas havia, mesmo naquele estágio, uma dose de ambivalência em Evie, a sensação de coisas não ditas. Mesmo os médicos — principalmente os médicos — deixavam tudo vago com seu "Espere para ver".

Então havia muita ansiedade em torno de Evie — demais, eu achava, porque ela era também uma criança adorável. Quando a conheci melhor, vi que podia ser mal-humorada ou solitária; questionei sua felicidade. Mas, quando ela tinha nove anos, eu pensava nela como uma pessoinha bonita, transparente, uma espécie de presente também.

E quando ela me viu beijando seu pai — quando ela viu o pai me beijando, na casa dele — ela riu e sacudiu as mãos. Um piado agudo, inesquecível. Era uma risada, pensei depois, sobretudo de reconhecimento, mas também de malvadeza, ou de alguma coisa parecida — alegria, talvez. E a mãe dela, que estava ali no andar de baixo, disse: "Evie! O que está fazendo aí em cima?", levando a menina a olhar para trás. "Venha, desça agora."

E algum milagre na voz da mãe, tão casual e controlada, fez Evie pensar que tudo estava bem, apesar do fato de eu ter beijado seu pai. E não pela primeira vez — embora agora eu ache que foi a primeira de verdade, a primeira ocasião oficial de nosso amor, no dia de Ano-Novo de 2007, quando Evie ainda era tão criança.

I

There Will Be Peace in the Valley

Eu o conheci no jardim de minha irmã em Enniskerry. Foi lá que o vi pela primeira vez. Não havia nada predestinado nisso, embora eu acrescente a luz de fim de verão e a vista. Eu o coloco nos fundos do jardim de minha irmã, à tarde, no momento em que o dia começa a cair. Cinco e meia talvez. Cinco e meia de um domingo de verão em Wicklow quando vi Seán pela primeira vez. Lá está ele, onde o fim do jardim de minha irmã fica incerto. Ele está a ponto de se virar — ele ainda não sabe disso. Está olhando a vista, e eu olhando para ele. O sol está baixo e adorável. Ele está parado onde a encosta começa sua lenta descida para o litoral, a luz às suas costas, e é justamente aquela hora do dia em que todas as cores ficam independentes.

Faz alguns anos. A casa é nova e essa é a festa de inauguração, ou a primeira festa, alguns meses depois que se mudaram. A primeira coisa que fizeram foi tirar a cerca de madeira, para ter uma vista do mar, de forma que os fundos da casa ficam como uma falha de dente na fileira de casas novas, exposta aos ventos leste e às vacas curiosas; um pequeno cenário para essa tarde de felicidade.

Convidaram os vizinhos novos, os companheiros velhos e eu, com algumas caixas de vinho e a churrasqueira que colocaram em sua lista de casamento, mas acabaram comprando eles mesmos. Ela está no pátio, uma coisa verde com tampa giratória que parece um balde, e meu cunhado Shay — acho que ele até estava de avental — sacode uma pinça de madeira acima de bifes de cordeiro e coxas de frango, enquanto amassa latas de cerveja com a mão livre erguida no ar.

Fiona espera que eu ajude porque sou sua irmã. Ela passa com os braços cheios de pratos e me dá uma olhada dura. Depois lembra que sou convidada e me oferece Chardonnay.

— Aceito — respondo. — Vou adorar tomar um vinho — e conversamos como adultas. O cálice que ela enche para mim é do tamanho de uma piscina.

Pensar nisso me dá vontade de chorar. Devia ser 2002. Lá estava eu, recém-chegada de três semanas na Austrália e louca — *louca* mesmo — pelo Chardonnay. Minha sobrinha Megan devia ter quatro anos, meu sobrinho quase dois: coisinhas fantásticas, bagunceiras, que olham para mim como se esperassem uma piada. Eles também convidaram amigos. É difícil dizer quantas crianças, correndo pelo lugar — acho que estão sendo clonadas no banheiro do andar de baixo. Uma mulher entra lá com uma criança e sai brigando com duas.

Sento ao lado da parede de vidro entre a cozinha e o jardim — é uma casa linda mesmo — e observo a vida de minha irmã. As mães pairam em torno da mesa onde a comida das crianças está servida, enquanto, ao ar livre, os homens tomam suas bebidas e olham o céu, como se esperassem chuva. Acabo conversando com uma mulher que está sentada ao lado de um prato com bolinhos de chocolate e flocos de arroz que ela escolhe distraída. Há pequenos marshmallows em cima deles. Ela morde um e afasta o bolinho, surpresa.

— Aah, cor-de-rosa! — diz.

Não sei o que eu estava esperando. Meu namorado, Conor, devia estar indo levar ou trazer alguém — não lembro por que ele não estava. Talvez dirigindo. Geralmente era ele que dirigia, para eu poder tomar uns drinques. Era uma das coisas boas de Conor, devo confessar. Hoje em dia, sou eu que dirijo. Embora isso seja um progresso também.

E não sei por que me lembro dos flocos de arroz e chocolate, a não ser que "Aah, cor-de-rosa!" me pareceu a coisa mais engraçada que eu já tinha ouvido, e acabamos moles de tanto rir, eu e essa vizinha sem nome de minha irmã — ela, principalmente, tão curvada de riso que não dava para saber se era apendicite ou hilaridade que a curvara. No meio do ataque, pareceu entortar um pouco da cadeira. Rolou de lado, enquanto continuei a olhar para ela e rir. Então tocou o chão e saiu correndo pela porta de vidro, na direção do meu cunhado.

O jet lag bateu.

Me lembro da estranheza. Aquela mulher cambaleando direto para Shay, enquanto ele continuava cozinhando; a carne chiando, as chamas; eu pensando "É noite? Que horas são, afinal?", enquanto os flocos de arroz e chocolate morriam em meus lábios. A mulher se curvou, como se fosse agarrar Shay pelas canelas, mas, quando se levantou, foi com uma criança pequena e agora flutuante nos braços e dizia: — Fora daqui, certo? Fora daqui!

A criança olhou em torno, mais ou menos indiferente a essa abrupta mudança de cenário. Três, talvez quatro anos: ela a pôs na grama e ia bater nela. Ao menos, foi o que pensei. Ela levantou a mão para a criança e de repente voltou-a para si mesma, como se afastasse uma vespa da frente do rosto.

— Quantas vezes tenho de dizer?

Shay ergueu um braço para amassar uma lata de cerveja, o menino saiu correndo e a mulher continuou lá, passando a mão caprichosa pelo cabelo.

Isso foi uma coisa. Houve outras. Houve Fiona, as faces vermelhas como em febre, os olhos repentinamente úmidos com o puro lá-lá-lá de servir vinho, rir alegre e ser uma mãe bonita-barra-anfitriã em sua linda casa nova.

E havia Conor. Meu amor. Que estava atrasado.

É 2002 e já nenhuma daquelas pessoas fuma. Sentada sozinha à mesa da cozinha procuro alguém com quem conversar. Os homens no jardim não parecem mais interessantes do que quando chegaram — com suas camisas de mangas curtas e alguma coisa a respeito das calças esportivas que ainda grita "formais". Acabo de voltar da Austrália. Me lembro dos caras que a gente vê ao longo do porto de Sydney na hora do almoço, uma fila infindável deles; homens correndo, bronzeados e saudáveis; homens que você é capaz de virar e seguir sem saber que está seguindo, do mesmo jeito que você pega um bendito bolo de flocos de arroz e não sabe que está comendo até ver o marshmallow em cima.

"Aah, cor-de-rosa!"

Gostaria muito de um cigarro agora. Os filhos de Fiona nunca viram um cigarro, ela me diz — Megan caiu em prantos quando um eletricista acendeu um cigarro na casa. Pego minha bolsa das costas da cadeira e saio pela porta devagar, passo por Shay, que sacode um pedaço de carne para mim, passo por triciclos lavados de chuva e alegres suburbanidades, até onde fica a arvorezinha de sorveira de Fiona amarrada à estaca quadrada e o jardim se transforma em encosta de montanha. Há ali uma casinha de troncos para crianças, feita de plástico marrom: um pouco nojenta na verdade — os troncos parecem tão falsos, como se fossem moldados de chocolate ou de algum tipo de merda emborrachada. Me embosco atrás dessa trave — e fico muito ocupada tentando fazer isso parecer uma coisa respeitável; reclinada sobre a cerca, arrumando a saia, caçando furtivamente na bolsa os cigarros, que não o vejo até acender um, de forma que a minha primeira visão de Seán (nesta história que conto a mim mesma sobre Seán) é no começo de minha primeira exalação: seu corpo; a figura dele contra a paisagem, enevoada pela fumaça de um muito esperado Marlboro Light.

Seán.

Ele é, por um momento, completamente ele mesmo. Está a ponto de se virar, mas ainda não sabe disso. Vai olhar para trás e me ver como eu o vejo e, depois disso, nada acontecerá durante anos. Não há razão para que aconteça.

Realmente parece noite. A luz é maravilhosa e forte — é como se eu tivesse de enfiar o planeta inteiro na minha cabeça para chegar a esse jardim, a essa parte da tarde, a esse homem, que é o estranho ao lado de quem durmo agora.

Vem uma mulher e fala com ele em voz baixa. Ele ouve por cima do ombro, depois se volta mais para olhar para uma menina pequena que está atrás dos dois.

— Ah, pelo amor de Deus, Evie — ele diz. E suspira, porque não é a criança em si que o incomoda, mas alguma outra coisa; alguma coisa maior e mais triste.

A mulher volta a limpar a mancha no rosto de Evie com um guardanapo de papel que se rasga na pele pegajosa. Seán observa durante alguns segundos. E depois olha para mim.

Essas coisas acontecem o tempo todo. Você troca um olhar com um estranho por um momento a mais e desvia os olhos.

Eu tinha acabado de voltar de férias — uma semana com a irmã de Conor em Sydney, depois o norte, aquele lugar incrível onde aprendemos a mergulhar com tanques nas costas. Onde aprendemos também, eu me lembro, a fazer sexo sóbrios; um truque simples, mas bom, era como despir uma pele a mais. Talvez por isso pude encontrar os olhos de Seán. Eu tinha acabado de voltar do outro lado do mundo. Para meu gosto, estava bem bonita. Estava apaixonada — devidamente apaixonada — pelo homem com quem logo decidiria me casar, então, quando ele olhou para mim, não senti medo.

Talvez devesse ter sentido.

E não consigo, pela minha vida, lembrar que aparência Evie tinha nesse dia. Ela devia ter quatro anos, mas não consigo imaginar como isso mudaria a menina que conheço agora. Tudo o que vi naquela tarde foi uma criança com o rosto sujo. Então Evie é apenas uma mancha no quadro, que, fora isso, é límpido.

Porque o incrível é o quanto eu percebi naquele primeiro olhar: o quanto, em retrospecto, eu devia ter sabido. Está tudo ali: a pontada de interesse que sinto por Seán, toda a história com Evie; me lembro disso muito claramente, como me lembro da limpa e invencível polidez da esposa dele. Eu a percebi de imediato e nada que ela fez depois me surpreendeu ou desmentiu. Aileen, que nunca mudava o cabelo, que era na época e será sempre tamanho 40. Eu acenaria para Aileen hoje, do outro lado da ponte dos anos, e ela teria me dado o mesmo olhar que me deu naquela época, o mesmo. Porque ela me percebeu também. À primeira vista. E mesmo ela sendo tão sorridente e correta, não deixei de perceber sua intensidade.

Aileen, acho que seria justo dizer, não saiu do lugar.

Não tenho certeza se eu própria saí do lugar. Em algum lugar da casa, a Mulher Marshmallow está rindo demais, Conor está em algum lugar, o guardanapo de Aileen, num tom verde-limão de bom gosto, logo vai deixar pedaços na pele pegajosa de Evie, e Seán vai olhar na minha direção. Mas não ainda. No momento, estou apenas exalando.

Love is Like a Cigarette

Vamos começar com Conor. Conor é fácil. Vamos dizer que ele já tenha chegado, naquela tarde em Enniskerry. Quando volto à cozinha, ele está lá, esperando e ouvindo, se divertindo. Conor é baixo e corpulento e, no verão de 2002, ele é a minha ideia de diversão.

Conor nunca tira o paletó. Debaixo do paletó há um cardigã, depois a camisa, depois a camiseta e debaixo dela uma tatuagem. A alça larga de sua bolsa está cruzada no peito, mantendo tudo isso amassado. Ele é um pedinte. Esse homem nunca para de olhar em torno, como se procurasse comida. Na verdade, se estiver perto de comida, vai estar comendo — mas com modos, de um jeito inteligente, atencioso. Seus olhos passeiam pelo chão e se ele ergue o olhar é com grande charme: ele se interessa por algo que você disse, acha que você é engraçada. Ele pode parecer preocupado, mas esse cara está sempre pronto para se divertir.

Eu amava Conor, então sei do que estou falando aqui. Ele vem de uma linhagem de lojistas e proprietários de pub em Youghal, de forma que gosta de observar as pessoas e sorrir. Eu costumava gostar disso nele. E gostava da bolsa, era moderna, e os óculos eram modernos também, de aros grossos, tipo anos cinquenta, e ele raspava a cabeça, o que sempre me incomodou, mas ficava bem nele porque sua pele era tão escura e o crânio tão bem formado. E o pescoço era largo, as costas volumosas, cobertas de pelos dos ombros para baixo. O que posso dizer? Às vezes me surpreendia que a pessoa que eu amava fosse tão fantasticamente masculina, que as placas de músculos fossem cobertas por placas de gordura sólida e que o todo dele — todo o metro e setenta e cinco, valha-nos

Deus — fosse coberto com pelos, de forma que ficava com o contorno borrado quando se despia. Ninguém tinha me dito que dava para gostar desse tipo de coisa. Eu gostava.

Conor tinha acabado de fazer um mestrado em multimídia, era um *geek* bacana. Eu também estava trabalhando com tecnologia de informação, meio assim, trabalho principalmente com companhias europeias, na web. Línguas são o meu negócio. Não as línguas românicas, infelizmente, faço os países da cerveja, não os do vinho. Embora eu ainda ache que o trema seja uma distorção realmente sexy, como ele obriga você a fazer um bico para falar, e todos aqueles sons de "o" e "u" escandinavos me dão arrepios. Uma vez saí com um cara norueguês chamado Axel, só para ouvir ele dizer "snøord".

Mas saí com Conor pelas risadas e me apaixonei por ele porque era o certo a fazer. Como era possível? Que, durante todo o tempo em que o conheci, ele nunca tenha feito uma crueldade.

Não havia nenhuma grande decisão de comprar uma casa, apenas fazia sentido. A Austrália foi nossa última aventura, depois disso, tudo era empenhado em depósitos, garantia de hipoteca, estampilhas, honorários de advogados — nossa, eles nos espremeram até ranger. Não consigo lembrar o que isso fez com o amor que devíamos sentir. Não me lembro das noites. De qualquer forma, o nosso amor era do tipo diurno; Conor passou a fazer windsurf em Seapoint e voltava cheirando a batata frita e mar. Nos sábados à tarde, visitávamos casas dos outros — três dormitórios, geminada, terraço vitoriano, apartamento de cobertura. Olhávamos um para o outro parados ao lado de aparadores de lareira dos anos trinta e apertávamos os olhos. Ou entrávamos em quartos separados onde podíamos nos imaginar no espaço mais facilmente, com uma parede derrubada, ou um cheiro eliminado, ou o lugar menos desabitado.

Fizemos isso durante meses. Éramos bons nisso. Eu era capaz de entrar num lugar e à primeira vista jogar um sofá de couro marrom-tabaco na parede mais comprida. Era capaz de pendurar um abajur retrô assim que diziam "geminada anos cinquenta", pôr uma poltrona Eames debaixo e acender a luz. Mas não sabia como minha vida seria naquela poltrona, ou como iria me sentir a respeito. Melhor, sem dúvida. Tinha certeza de que ia me sentir séria, mas divertida, madura e feliz, estaria de alguma forma realizada. Mas por outro lado, como eu dizia para Conor.

— Por outro lado.

Havia, quando fazíamos amor ao final desses longos sábados, uma sensação de que estávamos nos retomando para nós mesmos, depois de um breve roubo.

Você entra na casa de um estranho e é excitante, nada mais, e fica ligeiramente sujo por isso. Eu podia sentir isso, nas cozinhas de segunda mão, abandonadas, em meus sonhos de suplemento dominical. Podia sentir isso indo embora nos momentos depois de acordar, quando eu percebia que não tínhamos comprado, provavelmente nunca compraríamos, uma casa com vista para o mar. Não parecia pedir muito — uma casa que limparia sua vida toda vez que você olhasse para fora —, mas aparentemente era. Era pedir demais. Eu somava os valores de cima para baixo e para os lados e não conseguia acreditar no resultado.

O resultado era o lugar de onde havíamos começado, antes de perder a trilha. O resultado não era tanto uma casa, mas um investimento; uma caixa de fósforos que não fosse muito longe da cidade.

Então encontramos exatamente isso; uma casinha em Clonskeagh por trezentos mil. Fomos os últimos pretendentes, compramos na planta, tomamos uma garrafa de champanhe Krug para comemorar — os cento e vinte euros dela toda.

Krug, nada mais, nada menos.

Foi bom.

Eu amava Conor então. Realmente amava, e todas as versões dele que tinha inventado, naquelas casas, em minha cabeça, eu amava todas. E amava alguma coisa essencial também; a sensação dele que eu levava comigo, que era confirmada a cada vez que o via, ou uns poucos segundos estranhos depois. Nós nos conhecíamos. Nossa vida real estava em algum espaço mental compartilhado; nossos corpos eram apenas os lugares que usávamos para brincar. Talvez amantes devam ser assim — não esses estranhos idiotas, fodidos que somos eu e Seán, atores numa sala vazia.

Então. Antes que nossas vidas se tornassem uma desolação de tédio, raiva e infidelidade, eu amava Seán. Quer dizer, Conor.

Antes que nossas vidas se tornassem uma desolação de tédio, raiva e todo o resto, eu amava Conor Shiels, cujo coração era firme e cujo corpo era sólido e quente.

No fim de semana depois da troca de contratos, fomos para nossa casa inacabada e olhamos em torno. Sentamos no piso de concreto e nos demos as mãos.

— Escute — ele disse.

— O quê?

— Escute o dinheiro.

A casa estava subindo a setenta e cinco euros por dia, ele disse, o que significava — ele fez os cálculos com as pálpebras fechadas tremendo — cerca de cinco centavos por minuto. O que não parecia muito, pensei. O que parecia quase nada, depois de tudo o que tínhamos passado. Mesmo assim, dava quase para sentir uma força nas paredes; a torradeira ia fazer saltar moedas de cinco centavos, a madeira dos pisos recém-assentados ia soltar notas de dinheiro e começar a florir.

E, por alguma razão, ficamos apavorados.

Não me diga que não.

A casa se encaixava como uma peça de Lego na casa vizinha, que ficava com o porão e metade do andar intermediário, e isso me desanimava um pouco, o fato de ser só meia casa até subir a escada. Era como se o lugar tivesse sofrido um derrame.

Não que isso fosse um problema, ou pelo menos não um problema que se pudesse identificar. Eu só não esperava isso. E ainda sonho com essa casa, com subir aqueles degraus e abrir a porta da frente.

No dia em que nos mudamos, Conor estava lá dentro entre as caixas, sentado com seu laptop como um organista maluco, xingando a conexão de internet. Eu não reclamei. Nós precisávamos do dinheiro. Os meses seguintes foram todos de trabalho e havia alguma coisa frenética e solitária em nosso amor naquela casinha (não fique sentimental, eu digo a mim mesma, as tomadas mexiam na parede cada vez que se enfiava um plugue). Nós nos penduramos um no outro. Seis meses, nove — não sei quanto tempo essa fase durou. Amor hipotecado. Trepar a 5,3 por cento. Até o dia em que decidimos fazer dois empréstimos sobre o carro e nos casar com o dinheiro.

Vruum vruum.

Foi a coisa mais idiota que fizemos — nós dois — e foi surpreendentemente divertido. Aconteceu, depois de muita confusão e incidentes diplomáticos, num lindo dia de abril; igreja, hotel, buquê, tudo a que tínhamos direito.

Uns setecentos primos de Conor vieram de Youghal. Eu nunca tinha visto uma coisa assim: como eles aguentavam as rodadas de bebida, arrumavam os chapeuzinhos na frente dos espelhos e conferiam o peso dos talheres do hotel quando os levantavam para comer. Trataram o dia como um compromisso profissional e dançaram até as três da manhã. Conor disse que podia ser também seu funeral; disse que eles caçam em bando. E minha mãe — que aparentemente "sempre havia economizado para esse dia" — liderou uma trupe madura da classe média de Dublin, muitos deles velhos, todos absolutamente felizes, conversando e bebericando seus drinques peculiares: Campari, uísque e refrigerante, e xerez Harvey's Bristol Cream. Éramos só a desculpa. Sabíamos disso, quando subimos para trocar de roupa e trepar até cair encostados na porta do quarto. Éramos dispensáveis. Livres.

Minha mãe está lá no álbum de fotografias (quinhentos euros, encadernado em couro cor de creme, agora embolorando debaixo do balcão da cozinha em Clonskeagh). Ela vestia um conjunto cinza-lilás e um arranjo de cabeça *fascinator*, nada mais nada menos, em cinza e roxo, completo, com redinha no rosto, e aquelas penas pretas engraçadas que fazem um arco, desfiadas para ficar com rodinhas pretas oscilantes. Ela está ali ao meu lado. Minúscula. O cabelo, uma espécie de mistério; ela o tinha prendido de algum jeito para trás. O filme favorito de minha mãe era *Desencanto*, ela sabia chorar sob o véu. E sempre gastava dinheiro com o cabelo. Mesmo quando estava dura, arranjava um jeito de convencer as pessoas a deixá-la bonita, que seria possível, e faziam o máximo por ela. Quando se trata de cabeleireiro, costumava dizer, vale a pena deixar o mau humor em casa.

Ela não queria me levar ao altar, recusou-se terminantemente, e em vez disso me arranjou o irmão do pai dela; um homem que eu não via desde que tinha treze anos. Achei que íamos nos encontrar na véspera, pelo menos, mas ele apareceu de manhã, direto do aeroporto, e quando todo mundo partiu no primeiro carro, nos deixaram na sala da frente, um olhando para o outro, enquanto o motorista esperava lá fora.

Foi o momento mais estranho de um dia muito estranho. Fiquei na janela tremendo, com meu vestido de seda azul-acinzentado Alberta Ferretti com um chapeuzinho Philip Treacy maluco (podia até ser chamado de *fascinator*) pregado de lado na cabeça, e cada vez que eu me mexia, o sujeito olhava o relógio grande e dizia:

— Deixe eles esperarem. Você é a noiva.

Por fim, em algum momento ordenado misteriosamente, ele atravessou o tapete da sala, me pegou pelos ombros e disse: "Sabe quem você me lembra? Minha mãe. Tem os mesmos olhos lindos dela."

Então me ofereceu um braço antiquado e me levou até o carro.

Foi o pedaço mais apavorante? A lenta marcha pelo corredor, de braços com esse velho esquisito, que, pela cara, não expressava uma emoção desde 1965? Não sei. A igreja local, que faz sucesso por suas cerejeiras floridas, tem também um crucifixo muito peculiar suspenso acima do altar. Uma coisa enorme, feita de madeira. A figura de Cristo, que não é especialmente sangrenta, pendurada não só na frente, mas também atrás da cruz — para as pessoas que acabam indo parar do outro lado do altar. E isso me distraiu durante toda a cerimônia, como costumava me distrair em criança, esse Jesus duplo, costas com costas com o próprio reflexo. Parada ali, com duzentos e vinte euros de roupa de baixo, sem falar do vestido, eu queria perguntar: "No que estavam pensando?" Isso é apenas uma versão mais branda do que costumava passar pela minha cabeça na igreja — as obscenidades sem forma que infernizaram meus anos de escola, e que começaram, talvez, no funeral de meu pai, quando eu tinha treze anos. Crescida agora, estava ali parada onde o caixão havia ficado (seu fantasma flutua, de cabeça, pela minha lombar), e lamentei ter escolhido espartilho em vez de um modelador da Spanx, enquanto o padre dizia:

— Aceita?

E eu disse:

— Sim. Sim, aceito.

E Conor sorriu.

Fora, o sol brilhava e o fotógrafo acenava, enquanto os carros pretos e brilhantes se cutucavam no pátio.

Nos divertimos muito. Os setecentos primos de Youghal e meu tio de Bruxelas. Fizemos, Conor e eu, muito sexo selvagem, e passamos férias na Croácia (barata, depois de todos os excessos) até acordarmos de volta em Clonskeagh uma manhã; de ressaca, tontos e sem medo.

No ano seguinte, nos dois anos seguintes, fui mais feliz do que jamais tinha sido.

Disso eu sei. Apesar da amargura que viria a seguir, eu sabia que era feliz. Trabalhávamos como loucos e nos divertíamos quando podíamos. Caíamos na cama, quase toda noite, depois de um dia duro e de um trago rápido de qualquer coisa: eu havia superado o Chardonnay na época — vamos chamar de os anos Sauvignon Blanc.

Conor deu uma súbita melhorada de dinheiro quando fisgou uma companhia de turismo que queria estar on-line. Estava trabalhando com outras pessoas na época, pode-se até dizer que estava trabalhando *para* outras pessoas, mas não sei se ele se importava. A internet foi feita para Conor: sempre interessado, mas sem conseguir se fixar em nada. Ele passava horas — dias — conectado, depois levantava, saía da cadeira; andava pela cidade; ia de bicicleta a Forty Foot, onde nadava em mares frios e quentes, espadanando muita água e bufando. Tudo era um pouquinho demais, com Conor. Ele usava roupas demais, e quando estava nu dava grandes suspiros, esfregava o peito e peidava abundantemente parado no banheiro para fazer xixi. E eu acabei não acreditando naquilo, de alguma forma. Acabei — parece uma coisa peculiar de dizer — não acreditando em absolutamente nada do que ele fazia; achando que tudo não passava de gestos e palavras, só ar.

Sunny Afternoon

Mas isso foi depois. Ou talvez já tivesse acontecido, talvez estivesse acontecendo o tempo todo. Poderíamos ter seguido essas trilhas paralelas, acreditando e não acreditando, pelo resto de nossas vidas. Não sei.

Porque estávamos também voando juntos, eu e Conor, felizes sensatamente casados casados casados. Na próxima vez que vi Seán, tinha esquecido tudo sobre ele. Era 2005. Estávamos presos em casa por mais um verão, pagando os custos da compra da casa, então fomos a Brittas Bay uma segunda-feira de feriado ver Fiona.

Ela estava passando quatro ou cinco semanas lá com os meninos enquanto Shay ia quando podia — o que quer dizer, quando lhe convinha. Você tem de entender que Shay estava ganhando muito na época, de forma que tinham não só uma casa praticamente no campo, o que quer dizer em Enniskerry, mas a alguns quilômetros, uns trinta minutos de carro, tinham um lugar num parque de trailers elegante junto ao mar. Isso custava — sei lá — cem, duzentos mil num estacionamento de trailer na praia. Não é uma coisa que eu normalmente invejasse, só que eu não tinha duzentos mil para jogar fora desse jeito, e nada causa mais inveja do que alguma coisa que você não quer de fato.

Levantamos cedo e pegamos a N11, Conor com seu equipamento de windsurf e eu com duas garrafas de vinho tinto e bastante carne que peguei para o churrasco. Ofereci a carne a Fiona quando chegamos; um volumoso saco plástico branco, manchado por dentro com sangue que estava ficando marrom.

— Aah! — ela disse.

— Pareceu uma boa ideia, no açougue.

— Era uma boa ideia — ela disse. — O que é?

— Uma bunda dentro de um saco — disse Conor. Que era exatamente o que parecia, pendurada ali.

— Filés de pernil de cordeiro — eu disse.

Minha sobrinha, Megan, começou a rir. Ela devia ter quase oito anos, e Jack, seu irmãozinho que tinha cinco, corria em círculos. Conor correu atrás dele, curvou-se balançando as mãos, até que pegou o menino, jogou-o no chão gritando, enquanto Conor dizia (algo assim): "Ha, ha, eu sou a bunda, ha, ha."

Achei que Jack ia vomitar, que aquele era o fim de nosso alegre feriado com a família, mas Fiona deu um olhar duro para os dois e disse: "Espero ter espaço" antes de subir os degrauzinhos de madeira para dentro do trailer.

Quando fui atrás dela, Fiona estava de joelhos, empurrando a carne como um travesseiro para dentro da gaveta de baixo da geladeira. Havia uma pilha de verduras e legumes ao lado dela, no chão.

— Meu Deus, este lugar.

— É ótimo — eu disse.

— Quitinete *sur mer*.

— Bom — eu disse, porque era difícil saber o que fazer com aquilo. Olhei em torno. As divisórias de plástico tinham uma espécie de papel de parede embutido e tudo sacudia um pouco quando se andava. Mas era gostoso também. Uma casa de brinquedo.

— A mulher três trailers adiante tem venezianas de madeira.

— Que não devem ser de verdade — eu disse.

— Ah, você não faz ideia — ela disse.

Shay, afinal, estava pensando em uma casa de verão de verdade perto de Gorey, ou talvez procurassem no continente, provavelmente na França. Isso Fiona disse mais tarde, depois de muito sol e vinho, quando havia mais gente para escutar. Mas de manhã, na frente da pequena geladeira, ajoelhada no chão escorregadio de areia, senti pena dela, minha irmã tão bonita, que seria sempre superada pela mulher três trailers adiante.

O tempo melhorou durante o dia. As nuvens foram para o mar e suas sombras deslizaram, sombrias e precisas, por cima da água. Era melhor que a televisão. Sentamos ao ar livre com nossos grandes óculos escuros e sacudimos os dedos dos pés com unhas pintadas de turquesa e azul-marinho. Fantástico. Eu devia ter trazido nossa mãe também, ela teria gostado, mas não me ocorreu. Não sei as razões.

Conor estava no gramado central, atirando *frisbee* para as crianças, que ele tratava como se fossem cachorros.

— Pega! — ele gritava. — Pega!

— Eles não são cachorros, Conor — eu disse, quando as crianças enfiavam a cara na grama e tentavam pegar o *frisbee* com os dentes.

— Senta! — Conor gritou. — Patinha!

Não era com as crianças que eu estava preocupada, era com a mãe delas. Mas ela deu outro de seus olhares medidos e disse: "Boa manobra."

Havia algum código de comportamento ali e eu nunca soube bem qual era.

Chegou outra criança. Ela e Megan pularam brevemente uma em frente da outra, depois ela também correu atrás do *frisbee*, para lá e para cá, pulando de um jeito meio desanimado.

— Não, aqui. Não aqui. Não jogue pra mim.

E ela tropeçou na sandália de dedo florida e chorou. Ou uivou, na verdade. Era um barulho interessante, mesmo ao ar livre. Interrompido quando ela parou para respirar (ou engasgou, talvez), e começou de novo, ainda mais agudo que antes.

Conor, justiça seja feita, não correu para fazer cócegas nela com ha-ha sou uma bunda. Era uma criança substancial, roliça e alta, e era difícil saber sua idade. Era difícil saber se aqueles eram pequenos seios ou grandes quantidades de gordura debaixo do cardigã cruzado — cujo tom rosa insistia que se tratava de uma criança.

Uma mulher atravessou o gramado e falou baixo com ela, depois esperou e falou de novo. O que só piorou as coisas, pelo que eu podia dizer. Megan e Jack ficaram olhando, num estado de deleite inquieto, furtivo. Adoravam uma crise, aqueles dois. Tremiam. O que, por sua vez, me fez pensar o quanto de gritos e confusão eles viam em casa.

Fiona estava quase saindo da cadeira, mas hesitava. Até o pai da criança ficou longe. Eles vinham do estacionamento quando ela correu na frente e ele ficou de lado, esperando o ataque amainar. Me lembro de ter sentido que alguém devia ser adulto a respeito; realizar as apresentações, oferecer drinques. Então acenei. E ele deu de ombros e se aproximou e, por um momento, pareceu que o resto do mundo ficou em câmera lenta, nos deixando de fora e livres.

Era Seán. Claro. Mais bonito do que eu lembrava, com a pele bronzeada e o cabelo ondulado mais comprido. Um pouco descarado, na verdade, à primeira vista; um pouco irônico demais. Como se me conhecesse, o que, tive o cuidado de esclarecer, não era verdade. Ou não ainda. Então tivemos de chegar a "o que você quer dizer?" antes de os fundilhos da calça dele tocarem o algodão listado da cadeira dobrável.

Fico surpresa, ao me lembrar disso tudo — do imediatismo, da crepitação copulatória no ar —, que tenha levado um ano para nós dois ousarmos; para pormos abaixo as casas à nossa volta; a casa da cidade, o chalé, a geminada. Todas aquelas hipotecas. Pôr abaixo o céu também, para descer sobre nós como um pano.

Blecaute.

Ou talvez ele fosse daquele jeito com todas as mulheres.

Tenho de voltar um pouco atrás e dizer que havia outras coisas que podiam ter acontecido em nossas vidas. Podíamos ter feito tudo em segredo também. Quer dizer, ninguém precisava saber.

Mas de volta à luz do dia no estacionamento de trailers, Evie ainda estava uivando. Aileen murmurava em tom firme e constante, enquanto Fiona virou-se para Seán, como uma boba, e perguntou: "Acha que ela gostaria de um picolé?"

Seán estremeceu. As crianças, cuja audição seletiva era melhor que de morcegos, vieram correndo pelo gramado, e Evie mancando atrás, chorosa de um jeito meio desanimado e esperançoso.

— Acho que Evie não chupa picolés — disse Seán. — Não é, Evie?

Ela parou, as sandálias de dedo apertadas ao peito, e depois de uma pausa longa, horrível, disse: — Não.

Ele ficou sentado com a menina no colo durante a altercação que se seguiu e que terminou com Megan e Jack banidos para o outro lado do trailer para chupar fora das vistas os picolés semiprometidos. Ele era um homem relativamente pequeno, Seán. Embalou aquela criança grande, através de chupões e lambidas distantes e imaginadas — eu própria queria um picolé a essa altura —, enquanto Fiona conversava com Aileen sobre babás e mensalidades de creche, e eu pensava: não seria melhor apenas dar um tapa na menina? Não seria mais rápido e mais humano?

Estou exagerando. Claro.

Evie era uma menina de oito anos bem normal, Aileen não era um monstro de calma, Seán era um empresário com o vinco da calça de verão marcado demais. Era um dia bonito, chato. Depois do almoço, Conor puxou o chapéu na frente do rosto e levantou a camiseta para aquecer a barriga marrom e peluda ao sol. Dobrei uma folha de papel como fazíamos na escola, de forma que se pode abrir e fechar como um bico de passarinho com polegar e indicador, primeiro para a frente, depois para o lado, e eu e Megan tiramos a sorte: Vá Esperando, Você Está Cheirando, Vai Ser Moleza, com Amor Verdadeiro escondido debaixo da última dobra. Depois de prolongadas negociações, Evie e Jack entraram para assistir a um DVD. Ao que parece, não tinham recursos para fazer nada além disso.

No meio da tarde, meu cunhado Shay apareceu. Parou no gramado, ergueu o telefone bem alto e com um dedo de desenho animado o desligou. Então foi até o deque, beijou Fiona e cumprimentou a todos. Depois entrou e desligou a televisão, disse para todo mundo descer para a praia, com muitos gritos por sungas, toalhas, brinquedos infláveis, enquanto Fiona encontrava — ou não conseguia encontrar — sandálias e chaves da frente perdidas e as centenas de misteriosos objetos de que seus filhos precisavam: água, protetor solar, uma viseira verde de golfe de que Megan gostava, o ancinho de plástico amarelo de Jack; porque, pelo que sei, crianças fazem de tudo para ficar num lugar em que estão contentes, até e inclusive fazer a mãe chorar.

— Já ouviu falar de um hospício Lun A Ticos? — perguntei a Megan, que olhou para mim com olhos espertos, de macaco. Nesse meio-tempo, a esposa de Seán, Aileen, lia o jornal enquanto todo mundo se aprontava, depois foi até o carro, pegou uma única sacola do porta-malas.

— Certo! — disse. — Em frente!

Na volta, Conor foi dando risada.

— O picolé! — disse. — A porra do picolé!

E eu entoei: — Evie não chupa picolés, não é, Evie?

— Meu Deus do céu.

— Parece que ela tem alguma coisa. A menina — eu disse, porque foi isso que Fiona cochichou para mim na pia, quando lavávamos a louça.

— O quê?

— Não sei, alguma coisa errada. Fiona não disse.

Evie era uma coisinha engraçada, perturbada, não havia dúvida. Ela parecia ter a mesma idade ou estar no mesmo estágio de Megan, as duas por volta de oito anos — ou talvez eu fosse tendenciosa, sendo minha sobrinha um pequeno duende. Se eu soubesse mais a respeito dessas coisas, poderia encaixá-la num esquema, ou tentar isso. Só que Evie estava toda ali — alerta, tremendo — e simplesmente achava as coisas muito difíceis. E se isso era, como eu suspeitava, culpa de sua mãe, eu não sabia dizer com certeza. Mas eu a achava, sim, um tanto insuportável. Talvez tivesse a ver com a gordura; aqueles pulsos de bebê, roliços, beijáveis; mas com a cara errada acima deles, os olhos errados. Eu não disse isso para Conor, claro.

Quer dizer, posso ter dito: "Ela é uma coisa", mas tenho quase certeza de que não falei que a gordura a tornava desagradável para mim; não revelei meu "fracasso em amar", como a professora de Megan chama um pecado hoje em dia. Além disso, qualquer ligeiro incômodo que eu sentisse ao olhar para Evie deixava, como resíduo, algo ao mesmo tempo calmo e intenso.

Pena.

— Pobre menina — eu disse. — É tudo por causa dela, sabe — querendo dizer a mãe.

E Conor disse: "Deviam dar um tiro em cada um."

Ele pareceu ter até gostado deles, na hora. Conversara com Seán enquanto nós todos caminhávamos para o frio mar irlandês e Fiona ia atrás das crianças e as convencia a pôr as roupas de banho e os cremes, enquanto Shay abria uma garrafa de vinho tinto, sentava na esteira e se fechava, maciçamente e depressa — era assustador de ver — como um blecaute se espalhando por Manhattan.

— Achei que ele estava péssimo — eu disse a Conor no carro.

— Quem?

— Meu cunhado — respondi. — Achei que estava uma merda.

— Shay é legal — ele disse. — Não se preocupe com Shay.

Conor andava um pouco obtuso, nessa época. Recentemente passara a achar que toda a história da contracepção "não leva a nada", por exemplo. A quê? Ele não dizia.

Não falamos de Seán, pelo que me lembro. Talvez não fosse necessário. É possível que a gente tenha mantido um silêncio descomplicado no restante da viagem para casa.

Com certeza, em traje de banho, Seán — minha ruína, meu destino — tinha uma aparência menos impressionante. Acho que posso dizer isso de todos nós. Ao sol nu, parecíamos um pouco descascados. Fiona, sendo, em sua época, a moça mais linda de Terenure, não desnudou nem um centímetro, claro. Ela fazia de um jeito com o sarongue e a toalha que Brittas ficava parecendo Cannes, e quando brincamos com a ideia de nadar, ela disse: "Ah, eu entrei hoje de manhã" porque mesmo fazendo um grande esforço (e desconfio que era um esforço considerável) ela nunca revelava isso.

Então éramos só nós quatro, Conor e eu, Seán e Aileen, brincando de Houdini com alças de sutiã e toalhas, depois fingindo não olhar os corpos uns dos outros na praia. Verdade seja dita, não dei muita importância a Seán naquele dia, estava ocupada demais controlando a mulher dele; tão sem graça vestida, tão elegante e com tudo em cima, feito um menino, apesar da idade. Seus estranhos seios pequenos gritavam "seios" para você — pareciam tão macios em suas costelinhas ossudas, como se tivessem sido especialmente cultivados ali.

Seán me olhou direto na cara, como para perguntar se eu tinha algum problema com o corpo de sua mulher. Mas eu não tinha problema nenhum com ela, por que teria? Já tinha problemas suficientes. Precisava manter Conor na minha frente, para começar, até o outro casal estar seguramente molhado, ou pelo menos olhando para o outro lado.

— O que foi? — Conor disse. — O que você quer?

Enquanto me pendurava nele, brigando e falando bobagem, arrumando a toalha.

Seán foi para as ondas abraçando o corpo, com os ombros erguidos e saltando, levantando os pés. Aileen deu uma olhada fria para o mar, fez estalar o maiô debaixo da nádega e começou a andar. Então, no último momento, Evie se atirou na areia e pegou a perna da mãe, agarrada à sua coxa, numa súplica terrível.

— Evie, por favor, pare com isso.

Enquanto minha irmã olhava em torno com olhos vagos e em voz alta dizia: "Megan, o que você fez para a Evie?"

Eu me afastei deles em silêncio, continuei andando até a água cobrir minhas coxas.

Então gritei.

— Uhuu! Que gelada!

Mas toda a incerteza desapareceu de meus ossos — a surpresa de erguer os pés e descobrir que não havia necessidade da areia. Avancei na subida das ondas, em direção à linha plana do horizonte. Quando me virei para a praia, empurrada e amada por todo aquele peso de água, eu estava feliz.

Do mar, vi que Aileen subia a praia para cuidar de Evie e me dei conta de que seu corpo magro não estava bem condicionado, estava apenas ocupado. Dava para ver isso na contração dos ombros; como podia andar depressa, mas sem prazer.

Conor ficou na água mais uns vinte minutos, a prancha de windsurf esquecida no teto do carro. Shay, nesse meio-tempo, havia caído de costas na esteira verde-limão pintadinha, de barriga para o céu. O que deixou apenas Seán, e o desejo opaco de Seán — porque nós todas queríamos que ele nos quisesse. Pelo menos acho que sim, nos dispondo (não é essa a palavra?) pelo lugar onde ele estava sentado, nossos corpos deliciados, em choque por causa do mar frio. Lá estávamos nós: Fiona, que era uma espécie de sonho, a esposa dele que não interessava, e eu, que era — por alguns momentos ao menos — a moça saltitante. Quando subi pela praia curta, me curvei para minha toalha, joguei o cabelo para trás e disse: "Huuu-iiii!", eu era a moça que gostava. A gorda.

Eu era o pesadelo.

Ou me sentia como o pesadelo. Deve ter sido assim que ele olhou para mim.

Esse minúsculo drama aconteceu e desapareceu imediatamente, como se combinado, e nos sentamos numa colcha de retalhos de toalhas estragadas, como se acostumados a fingir que todo mundo estava vestido. Conversamos sobre o ano em que nos demos conta de que podíamos ter mais de um maiô — que, no meu caso, era o ano em curso, quando eu tinha aumentado um número, devido à felicidade conjugal, e enlouqueci na loja, comprei dois. "Um em uso, outro secando no varal."

Seán contou que usava a cueca da marinha do pai na praia em Courtown, e nunca perdoou a mãe porque ela costurou a braguilha e disse que era igual a uma sunga de verdade. A história nos fez perceber o quanto ele era mais velho que nós — o que também explicava a casa de pedra na mesma rua de Fiona e Shay, em Enniskerry. Eu e Conor ainda ficávamos imaturamente raivosos quando alguém sacudia seus tijolos e argamassa para nós. "Você tem uma casa boa? Isso porque você é velho, filho da puta", embora Seán — tão magro e compacto — mal parecesse adulto. Os dois, marido e mulher, eram como enfeites de aparador, cada um tão especial no jeito de se mexer, que me senti inflar aos poucos na praia ao lado deles. Eu estava imensa! Estava com tesão! Estava... cuidadosa. Quando olhava para Seán, e ele para mim, era sempre olho no olho.

Na verdade, como descobri depois, Seán não estava julgando meu corpo de um jeito ou de outro. Ele apenas esperou que eu me levantasse por vontade própria e sorriu para mim. Era um dos seus truques. Eu devia saber dos seus truques.

Duas adolescentes passando, por exemplo, fabulosas e altas; ele olhou para as duas um segundo a mais — olhou duro, como se pudesse ir até elas e trepar com elas na mesma hora. Depois voltou a olhar para a decepcionante eu.

Fiquei meio irritada com isso, devo confessar.

Por isso é que Fiona começou a tagarelar sobre comprar uma casa na França. Porque ela queria impressionar Seán — um homem que, em sua sunga Speedo, não era exatamente um canto de sereia. Ele nos estimulava. Tudo o que ele dizia era engraçado, e tudo parecia te jogar para baixo. Ou jogar para cima. Ele conseguia fazer isso. Sentado ali; uma camiseta preta cobrindo a barriguinha meio saliente, empurrando a areia com os dedos dos pés brancos.

Mesmo ao sol forte, fiquei tomada pela beleza de seus olhos, que eram maiores do que os olhos de um homem deveriam ser e mais facilmente machucados. Vi a criança nele aquela tarde, era fácil de ver: um sedutor de oito anos, cheio de malícia e pose. Mas não sei se vi o quanto aquilo tudo era tático. Acho que não vi como ele era ameaçado pelos próprios desejos, ou como ciúme e desejo corriam tão próximos nele, que ele precisava depreciar um pouco a coisa que desejava. Por exemplo, eu.

Ou não eu. Era difícil dizer.

De um jeito ou de outro, nós todos acabamos nos exibindo. Praticamente nus como estávamos, com nossos corpos irlandeses muito comuns (exceto o de Fiona, que não estava exposto), sentados, nos gabando um pouco, enquanto as crianças cavavam a areia e corriam, e a praia e o céu continuavam lindos sem nós.

— O que foi aquilo? — Conor perguntou no carro, a caminho de casa. — Nossa.

Will You Love Me Tomorrow

Naquele inverno, Joan reclamou de inchaço nos pés, o que, para nossa mãe, era uma perda terrível, a fileira de sapatos que ela possuía, desde trinta anos antes, todos renegando as botas de vovô: ela simplesmente odiou. Comprou suplementos na loja de produtos naturais e reclamou de depressão — ela estava, de fato, deprimida, eu acho — e nunca ocorreu a ela, nem a nenhum de nós, fazer algo a respeito a não ser lastimar e conversar pelo telefone sobre salto médio, loção de menta e as várias tonalidades de meias elásticas que se podem comprar.

E eu tinha voltado a tomar pílula, o que não é exatamente importante, a não ser porque a pílula *sempre* me deixa deprimida: confusa, culpada e permanentemente só um pouquinho inchada, de forma que à primeira vista fico muito carente e idiota, de algum modo. Não estou explicando muito bem. Só acho que se eu não estivesse tomando a pílula as coisas podiam ter sido diferentes; eu poderia ouvir melhor minha mãe ao telefone, ou pensar melhor, mas era como se eu estivesse no limiar de mim mesma, e o que estava no centro ninguém sabia. Nada, essa é uma resposta. Ou não muita coisa.

E eu estava ocupada, parecia que estava sempre num avião. Havia momentos em que meus objetos de toalete não saíam da bolsinha plástica transparente.

A mãe de Conor chegou para o fim de semana; sentou lá tomando café da manhã e soltou a opinião de que duas fronhas eram mais higiênicas, ela sempre achou, do que só uma.

— Dormir — ela disse. — É um terço da vida da gente. — E eu não a pus para fora nem gritei que o filho que ela havia criado não sabia que era possível trocar os lençóis, ele achava que vinham com a cama.

— Sabe — eu disse. — Isso faz muito sentido.

A sra. Shiels tinha cinco filhos: dois em Youghal, e dois crescendo fortes em Dundrum e Bondi. Uma mulher capaz e glamorosa, absolutamente decidida a nos usar como sua base de compras em Dublin — ela sabia e eu sabia. Para o Natal, arrumei para ela uns cupons de um hotel elegante.

— O Merrion! — ela disse. — Adorei.

Foi um Natal que eu podia ter passado com minha mãe, mas que em vez disso passei no meio de um bolo de gente em Youghal, com quarenta pessoas cujos nomes eu não sabia e todos odiavam dublinenses (não me diga o contrário) pelo fato de não serem da porra de Youghal.

Nossa.

Nem acredito que estou livre disso tudo. Simplesmente não acredito. Que tudo o que você tem de fazer é ir para a cama com alguém e ser flagrada e nunca mais tem de ver os parentes de novo. Nunca. Pffft! Fim. É a coisa mais próxima de magia que já encontrei.

Mas a pílula é importante por outra razão também, acho, porque, se não fosse a pílula, talvez eu não tivesse ido para a cama com Seán aquela vez em Montreux. Que foi — e isso é uma coisa estranha de dizer — a única vez que não importou. Sem falar de nenhuma outra coisa, acho que havia uma grande quantidade de Riesling da Alsácia envolvida.

Aconteceu numa conferência. Claro. Uma semana de discussões sobre gerenciamento num lago suíço com fluxogramas e fondues, e uma breve viagem num barco de madeira, com um grupo misto de setores privados e semiestatais, alguns de Galway, a maioria baseada em Dublin, e bebendo nas duas últimas noites, até as quatro da manhã. A maioria, devo mencionar também, homens.

O título da semana era "Além da UE". Eu estava lá para falar de "Estratégia Internacional pela Internet" — adorando ter sido convidada, o que era um progresso para mim. O hotel era um bolo confeitado de creme e veludo vermelho, com dourados por todo lado e manchas nos tapetes que podiam ter cem anos. E lá, na primeira manhã, sob o título "A cultura do dinheiro" estava o nome "Seán Vallely".

— Você conseguiu — ele disse. Parecia melhor do que eu lembrava. Talvez fosse o fato de estar vestido.

— Imaginei quem seria — eu disse.

— Ah, as engrenagens do mundo— ele disse.

Trocamos um aperto de mão.

A palma dele parecia velha, pensei, mas a maioria das palmas parece.

Fui conferir o seminário que ele estava dando naquela primeira manhã: espiei pela porta aberta e o vi devorando a sala. O paletó aberto batia atrás dele, quando se virava para um lado e outro. Ele usava o ar em frente ao peito; pegava o pensamento na mão, estendia e deixava voar.

— Por que você não gosta de gente rica? — perguntou.

Era uma fala e tanto.

— Você. Como é seu nome? Billy. Ok, Billy. Você gosta de gente rica?

— Não me incomoda.

— Você toma como pessoal, não toma? A casa, o carro, as férias ao sol. Você toma como coisa pessoal porque você é irlandês. Se fosse americano, deixaria que tivessem tudo isso. Porque, sabe?, essas pessoas não estão ligadas a você. Compraram uma boa casa e o seu nome nem veio à tona. Eles foram para as Bahamas e nem se esqueceram de convidar você.

Havia dois palestrantes a cada manhã e as pessoas se dividiam em grupos para workshops durante as tardes. Achei que Seán estava indo para a cama com a mulher da "Global Tax", ou que tinha ido para a cama com ela. Mas descobri depois que eles simplesmente não gostavam um do outro, ou pelo menos ele disse que não.

Nesse meio-tempo, havia degustação de chocolates, oportunidades de compras e muita bobagem para conversar. Os mais loucos, inclusive eu, formaram uma espécie de gangue, com grande quantidade de bebida consumida. Havia dois caras da Irlanda do Norte "de cada lado da linha divisória", cuja frase de efeito era "contanto que ninguém leve um tiro".

Havia um cara muito bom que tocava músicas de fossa no piano do bar e a mulher da Global Tax, que me fazia subir pelas paredes ao interromper várias vezes a conversa para esclarecer ainda mais seu ponto de vista. Na noite de quarta-feira, houve uma competição de bebida e eu a pus a nocaute no quarto round. Na quinta-feira, acabei no quarto de um dos caras do norte, esvaziando o frigobar com o outro nortista e Seán; a rainha da taxa internacional desmaiou na outra cama. Na última noite — sexta-feira — Seán me encontrou na volta do banheiro das mulheres e virou para me pegar e dizer: "Venha cá. Quero te mostrar uma coisa." Pelo menos acho que foi isso que ele disse. Posso não me lembrar das palavras exatamente, mas me lembro da mão dele na minha cintura e me lembro de saber o que íamos fazer. Parecia que não tinha nada a ver com escolha, ou que eu tinha escolhido havia muito tempo. Não ele, necessariamente, mas aquilo; esperar pelo elevador em um súbito silêncio com um homem que nem se deu ao trabalho de me cortejar. Ou teria já acontecido? Talvez ele fosse me cortejar mais tarde. As coisas, claramente, não aconteciam mais numa ordem determinada: primeiro isto, depois aquilo. Primeiro um beijo, e depois cama. Talvez fosse a bebida, mas meu sentido de tempo estava desamarrado, como cadarços de sapatos que você não nota enquanto não olha para baixo.

No elevador, conversamos frivolidades. Não me pergunte o quê.

Uma parte de mim dizia que haveria outras pessoas no quarto, como na festa da noite anterior — que ainda éramos um bando alegre de pessoas tentando ir além da UE —, outra parte de mim sem dúvida esperava que não houvesse. Mas não faz sentido ficar se atormentando por uma coisa tão simples. Subimos para fazer sexo. E parecia uma ótima ideia na hora. Além disso, eu estava tão bêbada, me lembro aos retalhos.

Tivemos uma sessão incrível do lado de fora do quarto, disso eu me lembro; quando resisti a entrar e ele se virou para me persuadir. Minha memória passa por cima do começo, como uma agulha num disco velho, então perdi o momento da decisão, do ceder. Mas lembro como ele me matou de beijos, como, quando fiz um esforço para abrir os olhos, fiquei surpresa de ver o corredor do hotel ainda ali; o tapete tonto, a fileira de portas idênticas se afastando, e o papel de parede, com listas verticais escarlate aveludado. Continuei a sair e ele continuou a me deter, o beijo um argumento e uma busca doces, tão emocionado, articulado, a mão esquerda dele em meu braço, a outra segurando a chave de plástico ainda não introduzida na fechadura.

Foi a luxúria do beijo que me deteve, o puro deleite sem sentido, faminto. Mesmo quando a trava chiou e a porta se abriu com um clique, nós continuamos, e foi o barulho de gente saindo do elevador que nos fez entrar depressa, rindo no escuro.

Depois do beijo — beijo de cinco minutos, dez minutos, duas horas —, o sexo mesmo foi um pouco real demais, se entende o que digo. Há outro vazio quando tento lembrar como fomos da porta para a cama, depois do quê, muito virar e revirar, apesar de eu não conseguir sentir muita coisa, acho, e de Seán (que é agora o amor da minha vida — meu Deus, que traição dizer isso dele) levar quase meia hora para gozar.

Naquele momento, achei que a bebida é que fazia com que demorasse. Mas Seán sempre só finge beber. Agora o conheço melhor; aquele olhar para dentro quando ele tenta controlar seu prazer, a coisa que o desanima, eu sei, é a idade. Ou o medo da idade.

Como se eu me importasse com a idade dele.

Ou talvez não seja como foi em Montreux. Posso estar sobrepondo ao amante que conheço agora a lembrança do homem com quem fui para a cama naquele momento. Ele pode ter sido, naquela primeira vez, emocionante e empenhado, lançamentos perfeitos; o impulso inseparável da ação. Talvez para isso é que sirvam as primeiras vezes.

Tudo o que sei é que uma noite, nas margens do lago Genebra, num pequeno quarto entre outros pequenos quartos, no meio do longo esforço de Seán, virei a cabeça, vi as chaves dele e as moedas soltas na mesa de cabeceira; além delas, a porta aberta do banheiro, onde o ventilador ainda zunia, e lembrei quem eu era.

Não sei se Seán ficou surpreso por eu ter saído depressa depois, mas ele estava praticamente dormindo e não me deteve. A última coisa de que me lembro é da porta atrás de mim e do longo corredor se estendendo de cada lado. Acho que me perdi. Tenho alguma ideia de que tentei — com muito empenho — entrar em meu quarto, mas estava no andar errado: os números me confundiram. Me arrastei pelos corredores acarpetados, entrei e saí de elevadores, e não encontrei ninguém, ou talvez apenas um casal, que não disse nada, mas se encostou à parede quando passei. Mas nem isso é claro. Alguma cortina baixou e só subiu quando acordei no dia seguinte, segura em minha cama, semidespida, com todas as luzes acesas.

Aquilo me enlouqueceu. Não me senti culpada, exatamente, mas fiquei um pouco brava, acho. Para começar, não conseguia encarar a sala de café da manhã. Pus os óculos escuros e fui para a pâtisserie do hotel, depois levei minha ressaca para a estação ferroviária e entrei no primeiro trem, uma coisa limpa, antiquada, com bancos, que avançava surpreendentemente longe nas montanhas, através de túneis e passagens escondidas, até emergir numa pradaria alta salpicada de flores alpinas, vacas cor de chocolate pastando com sinos pendurados nos belos pescoços oscilantes, arroxeados. As poucas casas espalhadas tinham corações recortados nos balcões de madeira e colchas brancas estendidas nos parapeitos para arejar ao sol. E era tão maravilhoso e bobo, que resolvi descer em Gstaad, que se revelou uma aldeia de poucas ruas, com lojas engraçadinhas, todas com nomes como Rolex e Cartier. Havia uma loja Gucci, uma loja Benetton, uma delicatéssen cheia de queijos incríveis. Percorri a aldeia inteira e não havia um único lugar onde se pudesse comprar flocos de milho ou muesli, ou mesmo papel higiênico, e me perguntei se as pessoas ricas mandavam vir essas coisas de avião. Talvez não precisassem delas: tinham superado isso.

Meu adultério — não sabia que outro nome usar — estava em meus ossos; uma dor ligeira quando eu andava, um ocasional e perturbador traço de mofo. Eu tinha tomado uma ducha de manhã, mas me dei conta de que precisava voltar e me lavar de novo, e a ideia me fez rir alto. Uma risada vagamente apavorada, mas tranquila. Não me senti culpada, naquela tarde em Gstaad, me senti suicida. Ou o lado oposto de suicida: senti que eu tinha matado minha vida, e ninguém estava morto. Ao contrário, nós todos estávamos duplamente vivos.

Senti também, quando fui fazer as malas e encarar o temido Seán, que a história toda era um pouco decepcionante, vamos encarar — como era de se esperar de um terremoto moral. No saguão, e no micro-ônibus para o aeroporto, ele me ignorou a tal ponto que senti vontade de mandar um recado escrito: "O que o faz pensar que eu me importo?" Não valia a pena falar disso; não com Seán e certamente não com Conor. E, embora isso pareça difícil de acreditar, retomei minha vida em Dublin como se nada tivesse acontecido; como se o lago, as montanhas, toda a Suíça, fossem uma mentira contada por alguém, para divertir o resto do mundo.

Toora Loora Loora

Olhar em retrospecto é ótimo. Com o retrospecto ficou claro que havia alguma coisa errada com Joan muito antes de meu encontro no hotel, que ela não estava totalmente boa fazia algum tempo. Mas havia tantas razões para não conseguirmos ver isso, a principal delas é que ela não queria que víssemos.

Nossa mãe foi uma grande beleza em seu tempo. Aparência era importante para ela. E como era, de certa forma, bonita demais, trabalhava duro para manter o show em cartaz. Adorava ser normal; conversar e encantar. Quando estava ligada, iluminava a sala.

Eu costumava ter inveja daqueles estranhos que olhavam minha mãe e a amavam meia hora de cada vez. Às vezes, parecia que nós ficávamos só com a parte ruim: o desespero diante da porta aberta do guarda-roupa, a solidão quando não havia ninguém para admirá-la. Havia momentos, ao telefone, em que dava para ouvir o peso em sua voz; uma perda de convicção, como se pudesse não haver ninguém ouvindo do outro lado da linha.

Não herdei a beleza de minha mãe, mas eu tinha algo que ela possuía, a postura ao entrar numa sala cheia. Tinha um pouco da conversa dela também, de seu vício pelo telefone. E de sua fuga do telefone. Havia dias em que ela deixava o telefone tocar, por razões dolorosas e absurdas demais para explicar. Tudo tinha dois lados com Joan. Seus prazeres eram muito profundos; ela precisava administrá-los constantemente. Então ela estava sempre "um horror" ou "ótima", o que quer dizer, perfeita. E era infernalmente dura com o resto do mundo. Impiedosa. O que funcionava, o que não — centenas de regras sobre base, batom, o que esconder ou revelar: braços com mais de quarenta, ombros com mais de cinquenta, as rugas do pescoço. Doença não era uma coisa que ela se permitisse. Era tão pouco atraente. E terrível para a pele.

Minha mãe vivia para sempre toda vez que se olhava para ela, e fumava como Hedy Lamarr. Foi a última fumante de Dublin. Ela se esgueirava para o jardim a fim de fumar, para seus netos não chorarem.

Ela estava fumando de novo, no aniversário seguinte de Megan, em Enniskerry. Você olhava e, tão misteriosamente como havia sumido, ela aparecia outra vez. Megan tinha nove anos, então essa festa foi uma coisa muito mais civilizada, com amigos da escola e pais que os deixavam na calçada. Incrível o quanto as coisas tinham mudado. Nos fundos, a sorveira era uma árvore alta, sólida, e a cerca tinha sido refeita, para esconder as casas novas que agora impediam sua fatia de vista. Shay ameaçou voltar para casa, mas não chegou a fazer isso, de forma que éramos apenas eu, Fiona e nossa mãe, e parecia fazer muito tempo que não éramos mais casais em torno da mesa de fórmica inteligente de Fiona, os homens lá fora, conferindo o céu para ver se chovia. Não havia vinho. Caminhamos, preparamos lasanha pronta e tomamos chá, enquanto uma horda cerrada de meninas de nove anos trovejava pela casa, seguidas pelo único irmãozinho desamparado.

Joan reclamou de cansaço, tirou os sapatos apertados e adormeceu numa poltrona. Quando acordou, estava agitada pelo fato de ter dormido.

— Eu falei alguma coisa? — depois riu de si mesma, consternada.

Tinha razão de não confiar em nós. Eu tinha tirado uma foto dela, secreta, "Minha mãe dormindo". Não consegui me conter.

Eu ficava preocupada às vezes pelo fato de ela estar sozinha em Terenure, nós todos ficávamos — apesar de seus batalhões de amigos e causas perdidas —, mas nossa mãe não parecia solitária no sono, embora fosse, de certa forma, "sozinha". Ela parecia uma pessoa amada.

Posso ser tendenciosa. A foto está na minha proteção de tela e se apaga aos poucos, mas nunca parece tão sozinha como me lembro dela naquele dia. Dizem que quanto mais velhos ficamos, menos sonhamos, mas ausente como ela estava e absolutamente imóvel, minha mãe parecia, por alguma indefinível doçura, muito viva.

E jovem. Tinha cinquenta e nove anos.

Quando acordou, toda agitada, rimos e dissemos que ela havia roncado. Então Jack foi mandado para o quarto por ter dito: "Vovó peidou dormindo. Vovó peidou."

— Você sempre tem de passar dos limites — Fiona gritou para as perninhas ocupadas desaparecendo acima dela, enquanto Joan, que estava genuinamente chocada, além de divertida, disse:

— Coisa inofensiva. Deixe a criança.

Senti um vago interesse por Evie esse dia — já que eu havia dormido com o pai dela, sabe — mas não consegui identificar quem era. As meninas que Megan convidara eram ridiculamente grandes e difíceis de perceber. Usavam vestidos de festa grandes demais para elas ou tops estranhos; duas pelo menos estavam com calças de moletom — não dava nem para saber quem elas achavam que eram. Essas pessoas, além disso, não tinham nenhum interesse em nós, tinham uma à outra para amar; o jeito como olhavam umas para as outras era um tanto apaixonado e tímido.

Eu arrumei os pratos com guardanapos de pano de verdade que Fiona me entregou, e copos de verdade, talheres de metal. Pus na mesa uma jarra de água com gás e outra de suco de laranja; tudo bobagem, pensei. Eram meninas grandes, incômodas, não adultos — jogue um saco de salgadinhos para elas, pensei, e retire-se.

— Quem quer lasanha?

Uma menina, uma criatura alta, macia, chamada Saoirse, ergueu a mão. Estava apertada num vestido de cetim cor-de-rosa que uma menina de cinco anos poderia escolher, e debaixo de seu braço havia uma penugem vermelho-dourada.

Olhei para Fiona. Ela rolou os olhos, horrorizada.

Aquelas crianças não estavam crescendo, estavam sendo substituídas.

— Venham comer.

Na verdade, me perturbou bastante — os pelos. Achei bonito, quando devia ser nojento. E era duas vezes mais nojento do que devia ser quando se olhava dos pelos para a cara de pudim da menina. Eu devia sair mais, pensei — não pode ser tão estranho quanto estou pensando. E pensei também, *alguma coisa deu errado.*

Então vi Evie. Ela se revelou com um relampejar dos olhos bonitos demais de seu pai. Aconteceu quando ela olhou diretamente para mim, como uma porta escondida que se abre. Ela ainda era um pouco imatura no peito, mas a gordura tinha ido embora quase toda. E alguma outra coisa havia mudado — quer dizer, além de tudo, porque tudo tinha mudado —, mas alguma coisa essencial havia se deslocado. Ela parecia contente. Ou não exatamente contente, mas ligada, definitivamente. Não tão medrosa.

Me deixou bem inquieta, a ideia de que ela costumava ter medo. Me perguntei com que tipo de homem eu tinha ido para a cama — quantos meses atrás? — e se ele entraria pela porta. Três meses. Fazia três meses desde Montreux e eu nunca mais quis pôr os olhos em Seán Vallely outra vez. Eu não estava apenas incomodada, estava mesmo avessa; a ideia de falar com ele era ligeiramente suja, como vestir roupa usada depois de tomar banho.

Mesmo assim, a filha dele me pegou. Fiquei olhando para ela, como se pudesse ter a chave para aquele homem, cujos olhos pareciam fazer muito mais sentido no rosto dela do que no dele; os mesmos cílios pretos e longos, o mesmo cinza-mar com uma pálida luz do sol em torno da pupila, branca ou dourada.

Eu não tinha nada para dizer a ela.

— Quer um suco? — perguntei, quando as meninas se juntaram em torno da mesa para comer lasanha e *cole slaw* — nenhum marshmallow cor-de-rosa à vista.

— Quero, sim, por favor.

— Ah, olhe que cabelo fantástico. — Toquei seus cachos pretos, o que a agradou. — Você mesma seca?

Ela estava úmida de suor. Todas estavam.

— Às vezes — ela disse.

— Ou sua mãe?

— Se eu alisasse, chegava até lá embaixo das costas.

— Bom — eu disse. Com o que queria dizer: tudo a seu tempo.

— Às vezes, papai seca — ela disse. Mas isso era íntimo demais para mim, e tive de me afastar.

Depois do bolo e das velinhas, peguei meu iPod e me vi no meio de um súbito clamor de pré-adolescentes, pedindo Justin Timberlake.

— Espere aí — eu disse e pus o fonezinho branco no ouvido de Evie. Assim que a música começou, elas saíram correndo, agarrando o outro fone, mudando de faixa, girando o dial.

— Ei ei ei! — disse Fiona, antes de ser solicitada pelo som da campainha.

A festa terminou. Recuei enquanto os pais chegavam e uma depois da outra as crianças eram chamadas embora. No meio da confusão, a voz dele no hall me trouxe uma pontada que eu não esperava e me virei para pegar papéis de embrulho no canto da sala.

— Evie!

Ele havia chegado à porta. Eu estava começando a ficar sem mais nada para pegar do chão quando senti Evie parada a meu lado — um pouco perto demais, como as crianças fazem.

— Devolva — disse a voz de Seán, embora ela já estivesse fazendo isso; enrolando o fio em torno do iPod, enquanto o estendia para mim.

— Obrigado, Gina — ela disse.

Gina, nada mais, nada menos.

— De nada — eu disse.

— Boa menina.

A voz de Seán era tão fria, era claro o que ele queria realmente dizer. Ele queria dizer: "Por favor, fique longe de minha filha", e isso era muito injusto. Era táo injusto que eu virei e olhei diretamente para ele.

— Ah, olá — eu disse.

Ele estava igual a sempre.

— Vamos — ele disse, fazendo Evie passar pela porta. A grosseria era inacreditável. Mas ele hesitou e virou para trás um momento, e o olhar que me deu então foi táo mudo, táo cheio de coisas que eu náo conseguia entender, que quase o perdoei.

Tentei manter a distância e fracassei. Quando a última pequena convidada saiu e o saco de lixo estava cheio de papel de embrulho e lasanha náo comida, a ideia dele — o fato dele — aconteceu em meu peito, como um desastre distante. Alguma coisa estalou ou se quebrou. E eu náo sabia a dimensáo do dano.

Minhas máos, ao erguerem a jarra pesada que Fiona usava para o suco, lembraram o sólido contorno da cintura dele entre elas naquela noite em Montreux. O que foi mesmo que ele disse? "Sua pele é uma delícia." Pareceu um pouco mil e uma utilidades, na hora. "Táo macia." Por que os homens precisam convencer a si mesmos? Por que ele tem de ter você e construir você ao mesmo tempo?

Isso eu me perguntei, bem tolamente, enquanto segurava a grossa jarra de vidro na cozinha sem paredes de Fiona em Enniskerry, parada em seu piso novo de ardósia (parece que o velho piso de cerâmica estava "todo errado"). Pensei na diferença entre um homem e outro quando estava com os olhos fechados. E disse a mim mesma que a diferença era enorme. Náo existe diferença maior do que a diferença entre dois homens quando você está de olhos fechados. E na minha cabeça eu derrubei a jarra e fiquei arrasada com a queda. Fiona estava pondo os pratos na máquina de lavar. Joan tirando os pratos de novo e enxaguando debaixo da torneira. Megan e Jack tinham desaparecido. Eu a sentia, ainda em minhas máos: grosso vidro soprado com ondulações na base, azul-cobalto. Uma jarra tão bonita. E deixei cair.

Parece que a menina tinha ataques. Foi o que Fiona me disse quando limpou os últimos cacos, não só com uma escova, mas também com o aspirador, porque ela não ligava tanto para a jarra como para o perigo com os pés descalços dos filhos. Evie, ela disse, tinha ataques. Fiona nunca tinha visto realmente acontecer, embora durante alguns anos eles todos tivessem ficado em alerta vermelho. A mãe da menina ficara louca; tentara de tudo, de médicos a homeopatia, magnetismo, qualquer coisa.

— Ela me pareceu bem — comentei.

— Não, está bem agora — Fiona concordou. — Acho que está bem.

— É uma pessoinha engraçada — eu disse.

— É? Não sei. Quer dizer, todo mundo vivia tão preocupado com ela. Mas não sei.

— Nossa. Coitado do Seán — eu disse.

Ela me deu um olhar exageradamente vazio.

— Até certo ponto — concluiu.

Eu queria saber o que ela quis dizer com isso, mas ela já havia se afastado.

Observei Megan depois, estendida no sofá, tão saudável e grande. Nossa mãe estava se refrescando. Jack ligado no Nintendo. Eu estava esperando para ir embora. Estávamos todos esperando, talvez, que Shay voltasse para casa. A noite havia perdido o rumo.

— Então, aniversariante — Fiona perguntou, sentando e apertando a filha ao peito. — Que tal ter nove anos?

— É bom.

Sentamos e fingimos assistir à televisão. Nossa mãe passa tanto tempo no banheiro que costumava nos deixar ansiosas, imaginando o que estava acontecendo lá dentro e quando ela ia sair. Enquanto isso, Megan escovava o cabelo da mãe para trás, admirava um brinco e dava um puxão.

— Cuidado.

E a altercação começou: Megan esticando os lábios da mãe num sorriso doloroso, puxando suas pálpebras até fechar os olhos, enquanto Fiona só olhava para ela se recusando a se zangar. Elas sempre foram assim, travadas em alguma coisa que não exatamente amor e não bem guerra.

— Deixe sua mãe sossegada, Megan — eu disse. — Você agora tem nove anos.

E Fiona disse: — Hah!

— Só mais vinte anos assim — disse Joan. Ela estava parada atrás de nós com sua capa de verão e seu cachecol de seda, o trabalho de espelho realizado: tudo igual a antes, só que um pouquinho crucialmente melhor. O milagre de sempre.

Ela olhou para mim.

— Vamos indo?

Posso estar com as coisas na ordem errada aqui.

Eu ainda não estava apaixonada por Seán. Embora, em qualquer daqueles momentos, possa ter me apaixonado por ele. Qualquer momento. O primeiro momento no jardim, junto à cerca que não estava lá. A hora em que sentamos na cadeira desmontável no estacionamento de trailers em Brittas Bay, ou fomos sentar e tudo ficou em câmera lenta e parou, menos nós dois. Posso ter me apaixonado por ele no corredor do hotel na Suíça, quando a fechadura chiou e ele começou a me beijar em vez de me fazer entrar.

Mas não o amei. De fato, sentia uma ligeira repulsa por ele. Quer dizer, já tinha ido para a cama com aquele homem, o que mais podia fazer com ele?

Se você me perguntar agora, claro, eu diria que fiquei louca por ele desde aquele primeiro olhar, apaixonada por suas mãos ao vê-las em movimento em Montreux, apaixonada por alguma outra coisa daquela vez em que ele afastou Evie de mim e virou-se no hall — sua tristeza particular, fosse qual fosse. Então não me pergunte quando isto ou aquilo aconteceu. Antes e depois parecem desnecessários. No que me diz respeito, estava acontecendo o tempo todo.

E me esqueci de mencionar algumas coisas — a beleza das crianças na praia em Brittas naquele dia parece importante agora, de um jeito que não percebi então. Talvez seja o fato de Evie não estar bem, e eu não saber, mas a beleza das crianças importa de algum jeito que não entendo.

Mesmo assim, não posso me incomodar com cronologia aqui. A ideia de que se você narra uma coisa depois da outra, então tudo fará sentido.

Não faz sentido.

Minha mãe teve aquela coisa antiquada, uma morte fácil. Mas não ainda.

E eu estava apaixonada por Seán, mas não que eu soubesse. Não ainda.

Eu estava deixando meu marido, embora talvez já o tivesse deixado. Talvez nunca tivéssemos estado juntos — todas aquelas vezes em que pensamos estar. Quando ele se virou e sorriu para mim, no fim do corredor da igreja de Terenure. Quando ele mergulhou abaixo de mim, tão fundo que dava para ver a água entre nós engrossando, verde.

Há datas que não sei com certeza, mas não são importantes. Não consigo lembrar o dia — a hora — que a "indisposição" de Joan se transformou em "depressão", por exemplo, ou quando a depressão virou alguma coisa física e mais difícil de identificar. Deve ter havido um momento, ou uma acumulação de momentos, quando paramos de ouvir as palavras que ela dizia e começamos a ouvir a maneira como ela as dizia. Deve ter havido um dia em que paramos de lhe dar ouvidos inteiramente — um único instante, quando ela deixou de ser nossa mãe, *ah, Joan, será que você...* e se transformou no objeto inofensivo de nossa preocupação.

— Como você está, querida? Tudo bem?

Eu estava ocupada, claro — quer dizer, estávamos todos ocupados —, mas se eu tivesse identificado aquele momento então as coisas poderiam ter sido diferentes. Se eu tivesse conseguido vê-la, em vez de ser cercada por ela, minha bela mãe, então talvez ela pudesse ainda estar viva.

De uma coisa eu tenho certeza.

O que aconteceu, falo da verdade que posso verificar, reconstruir através de e-mails aqui no meu computador, de anotações na agenda, de chamadas feitas e recebidas, foi que, sim, sem dúvida, algumas semanas depois da festa de Megan, eu recomendei Seán, e a consultoria de Seán, quando resolvemos nos reorganizar em Dublin antes de nos instalarmos na Polônia. Recomendei sem hesitação; ele era, sem dúvida, a melhor pessoa para o trabalho.

Tudo isso é certo.

Ligeiramente menos certo é o fato de Conor e eu termos feito, por algum tempo, talvez por volta dessa época, sexo excessivo e não amigável, em nosso leito matrimonial sancionado, abençoado até.

Mas, quando se trata de Conor, eu realmente não sei. Quer dizer, eu não consigo nem me dar ao trabalho de lembrar o que aconteceu então; não vou mapear nosso declínio. Se você quer saber, não existe nada mais sórdido do que detalhes.

O sexo era ruim nessa hora, ou ficou ruim só depois que comecei a ir para a cama com Seán?

Ruim não é a palavra.

O sexo era, por volta desse momento, um pouco interessante demais, mesmo para mim. Mas também não interessa — e talvez seja uma coisa interessante que, numa história que deve ser sobre ir para a cama com um homem ou outro, nossos corpos nem sempre jogassem o jogo do jeito esperado.

Mas talvez seja verdade que, por volta desse momento, estávamos pensando ativamente, ou fingindo pensar, em ter um bebê. Uma noite, depois do casamento de amigos em Galway e de muita dança, tinha me esquecido de levar a pílula e Conor disse: "Não faz mal."

Não lembro exatamente como foi, mas lembro que não gostei. Sem falar de mais nada, o sexo foi terrível, não era nem um pouco parecido com sexo.

"Ele está fodendo com a minha vida", eu pensava. "Ele está fodendo com minha vida inteira."

In These Shoes?

A Rathlin Communications põe companhias europeias na web de língua inglesa. É isso que nós fazemos. Mas fazemos parecer divertido.

Nosso escritório é todo de tijolo aparente com claraboias industriais, e há uma sensação discreta no modo como o espaço é distribuído, uma ilusão de privacidade que, como qualquer um que trabalhe em espaços abertos sabe, só piora tudo — a paranoia, quero dizer. A melhor coisa do lugar é a manutenção das plantas, a cargo da filha do chefe que não serve para muita coisa mais. Ela vem toda manhã cuidar das plantas, que estão por toda parte e são fabulosas, desde a primavera que sobe pelas estruturas de ferro até a hera que cobre as paredes do banheiro. Os dinamarqueses que fizeram a reforma colocaram irrigação como se fosse um sistema elétrico, de forma que o lugar é uma selva, e embora eu seja cínica a respeito dessas coisas (a ideia de que umas plantinhas já nos fazem mais "ecológicos"), até votei a favor de canários, em alguma reunião, mas perdi em função do cocô dos canários.

É o tipo do lugar em que o elevador é grande o bastante para levar a bicicleta para cima, e o café é todo orgânico. Existe certa carga de sexo no ar, eu acho, mas não é isso que dá as cartas. Somos todos bastante jovens. Somos ótimos com ideias: os caras que têm uma cama na sala são pobres nerds que realmente desdobram a cama só para uma soneca.

Ele estava sentado na sala de reuniões, naquela primeira manhã. Eu o vi através da parede de vidro antes que ele me visse e não consegui definir o que havia de errado com ele. Estava usando uma caneta-tinteiro — mas isso, tudo bem, não? —, o BlackBerry exposto na mesa ao lado. O terno era talvez um pouco rígido, a gravata um pouco contida — mas até aí, ele é um consultor, tem de usar terno. Talvez fosse o cabelo, que parecia mais liso que antes e caído para a frente. Teria tingido o cabelo? Havia pelo menos certa quantidade de gel ali presente. Ele ergueu os olhos debaixo do topete juvenil quando eu entrei e disse: "Olá, você."

— Oi.

Estava com óculos Ray-Ban pendurados no indicador da mão esquerda.

— Você chegou — ele disse.

Fez os óculos balançarem.

— Parece que sim.

Ele parecia tão seguro de que iríamos para a cama que na mesma hora resolvi que não, ou desejei, ao menos, que o escuro eliminasse aquela inesperada fraqueza que ele tinha por propostas.

Sentei, sorri devidamente e disse: "Então, como gostaria de ser apresentado?"

A sala se encheu, a reunião aconteceu e foi bem, como era de se esperar. Houve a tagarelice habitual de Frank, que estava sendo afastado para tagarelar em outro lugar. A isso seguiu-se uma breve colocação de meus jovens colegas, David e Fiachra, que estavam enlouquecidos com a possível falha. O chefe estava excitado; dava para saber que estava excitado porque parecia muito entediado. E eu... bom, eu, como sempre, sorri, facilitei as coisas, e não atrapalhei, porque era a moça que vence no final, apesar de moças raramente vencerem.

Seán olhou de um para outro, fez algumas perguntas e guardou suas opiniões para si mesmo. Isso me surpreendeu um pouco. Eu esperava mais da soltura que vimos na palestra em Montreux, mas Seán trabalhando — sempre adorei Seán trabalhando — não usava mais energia do que o necessário. Me lembrou um pouco de Evie, essa habilidade que ele tinha de ser simples, no meio de muita agitação. Então consegui esquecer o gel no cabelo e o horrível relógio de arquiteto e só olhei para ele pensando, durante algum tempo; os olhos cinzentos indo de uma pessoa para outra. E pode ter sido uma coisa do trabalho, esse jeito sensato, quase despreocupado, com que falávamos de, vamos encarar, muito dinheiro; pode ter sido o fato de ele estar sentado no lugar onde eu passava a maior parte de minhas horas acordada; mas era muito íntimo e ligeiramente parecido com um sonho, vê-lo ali — como estar com um astro de cinema na cozinha, tomando chá — e eu realmente senti vontade de trepar com ele naquele momento. Pela primeira vez, não havia outra palavra para isso. Eu queria fazer com que ele ficasse real. Um homem que eu atravessaria a rua para evitar às nove horas — às nove e vinte e cinco eu queria trepar com ele até ele chorar. Minhas pernas ficaram tremendo. Minha voz flutuava na boca quando eu falava. A parede de vidro da sala de reuniões era imensa e, de repente, transparente demais, me senti exposta.

Não que as coisas sempre saiam do jeito que se espera. Seis meses depois, Frank — que ainda não faz nada além de tagarelar — está, por razões que não consigo entender, conduzindo boa parte do movimento; David é que foi afastado, para fazer suas colocações em outro lugar. Fiachra, nesse meio-tempo, tinha tido mais um bebê, com um brilho de êxtase nos olhos e uma tendência a dormir sentado na privada, para delícia da companhia inteira que entrava na ponta do pés, as garotas também, para ouvir o som de seus roncos do outro lado da porta da cabine. Eu ainda estava animada, útil, absolutamente indispensável, e ainda vagando na Rathlin Communications, apesar de ter ido para a cama com o consultor de negócios, coisa que nenhum de nós dois achava particularmente relevante: quer dizer, ninguém jamais acusaria Seán de ter conseguido o contrato por causa do seu pau. Seis meses depois, estava discutindo com o banco como me estabelecer por conta própria e o banco estava me lambendo toda — assim como, agora que paro para pensar, tanto Seán Vallely como Conor Shiels. Não sou uma mulher extraordinária, mas essa foi minha vida naquele ano, e sim, parecia incrível. Parecia também uma confusão. O oposto de um esgotamento nervoso, seja isso o que for.

Mas estou me adiantando aqui.

O jogo do escritório era outro jogo para nós jogarmos, depois do jogo de casais suburbanos e antes do jogo de compromissos de hotel e luxúria ilícita, fabulosa, e nenhum de nós pensou que poderia vir um momento em que todos os jogos parariam.

Foi muito divertido.

Dizem que consultores sempre recomendam que você perca trinta por cento — para isso é que eles são de fato contratados —, então quando Seán terminasse seu relatório, nós poderíamos subir, ou mudar de ramo. As pessoas achavam excitante quando ele saía do elevador. Dava para saber que ele tinha chegado. Eu acompanhava sua presença através das clareiras de seringueiras e bambus, ouvia o clique de sua pasta se abrindo duas mesas adiante e esperava sua voz macia ao telefone. Ele podia simplesmente ter espiado para dentro da divisória de samambaias, mas sua corte era fechada e elaborada. Toda vez que nos falávamos, era como se estivéssemos ensaiando a mentira.

— É você? — ele dizia, quando eu atendia.

— Sou.

Eu nunca tinha tido um caso amoroso antes. Não sabia o quanto era sexy ser clandestino. O segredo era tudo.

— Está na sua mesa?

— O que você acha?

Eu podia ouvi-lo se mexer e murmurar poucos metros adiante, mas suas palavras reais eram próximas, quase quentes em meu ouvido.

— Ocupada?

— Estou, agora...

— Fazendo o quê?

— Bom, conversando com você.

A intimidade entre nós era tão formal, tão completamente erótica.

— Achei que podíamos fazer isso melhor durante o almoço.

— Ótimo.

Veja bem, havia certo elemento de chaves balançando nisso também; a ideia de que ele podia estar muito ardentemente com a mão no bolso conferindo as moedas soltas. A coisa toda ficava muito próxima da farsa. Não sei bem quantas pessoas à nossa volta sabiam o que estava acontecendo — talvez todas soubessem e estivessem se divertindo imensamente com isso. Mas nós também nos divertíamos bastante — quer dizer, sem falar do tesão, a ideia feroz e fugidia do tesão passando por nossas cabeças (devo confessar) de quando em quando — nós também achávamos isso ligeiramente hilário; a ideia de que podíamos, na verdade, simplesmente *nos safarmos*. E foi assim que superamos nossas dúvidas — porque nós dois tínhamos grandes dúvidas. Quando chegou ao ponto, algumas semanas depois, de um tirar a roupa do outro, nós não choramos, nem declaramos amor eterno, nem nos devoramos em cima de algum arquivo, apenas rimos — bem, por que não? Rimos quando nos beijamos e rimos a cada botão e zíper relutante, e era tudo fome, reconhecimento, prazer.

Nesse meio-tempo, eu o via no café e a beleza de sua gravata não me ofendia. Passei até a gostar de sua caneta-tinteiro. Estava com ele o tempo todo. Ele sabia que eu estava lá — eu estava entrando debaixo da pele dele. A batida da mão dele na coxa. O jeito de ele inclinar a cadeira para trás e esfregar o mamilo, por conforto ou recompensa; ele me viu notando isso e parou.

Ah, o jogo. O jogo.

As pequenas ondas de irritação, de desdém: dele, minhas. *É isso que você quer?*

Se Seán fosse menos jogador, a coisa poderia ter azedado antes mesmo de começar, mas ele conhecia seus prazeres — mais do que eu, é preciso dizer. Ele sabia quando desligar o telefone. Quando ir para casa. Quando se afastar.

Não é de admirar que eu tenha ficado obcecada.

Almoçamos juntos toda sexta-feira durante cinco semanas; era nossa prestação de contas. Íamos ao La Stampa — elegante, mas não demais — e falávamos de negócios. Ele era bom, como eu ficava dizendo, em seu trabalho. Não tinha nenhum interesse em complicar. Olhava a companhia com cuidado, tentando resolver as coisas com o mínimo de confusão. E depois dos negócios, vinha o charme. Ele pedia vinho para a sobremesa. Me provocava por causa da escola chique que eu havia frequentado, por causa da altura dos saltos de meu sapato, me fazia lutar e flertar. Por volta da terceira semana, achei que havia algo errado com minha pressão sanguínea, que eu podia realmente desmaiar ou morrer.

Passei a voltar a pé para casa à noite — ou a caminhar para algum lugar. Desviava da entrada do pub numa sexta-feira, porque ele não estava lá. Recuava do farol de pedestre que estava contra mim, atravessava ruas porque estavam vazias de tráfego e virava em esquinas diferentes — não tanto para evitar minha casa como qualquer destino em particular. Uma noite, acabei à margem da baía de Dublin. Era outubro; escuro e frio. Havia um navio de contêineres parado no horizonte, impossivelmente grande, desproporcional. A praia cedia lugar no escuro a um mar tão raso que dava para pensar que a coisa estava presa no fundo do mar. Mas as luzes flutuavam na minha frente. O navio estava se deslocando, ou devia estar se deslocando. Eu não sabia dizer, no escuro, para que lado.

Era bonito também, esse jogo de não tocar: essa é a coisa que tenho medo de dizer a meu respeito e de Seán — como era bonito, como era especial a distância que mantínhamos entre nós. E quando eu o vi uma tarde, parado ao lado da impressora, perdido em pensamento, com a luz batendo em seus ombros, foi como se a mesma luz me desse um soco no peito. Eu não esperava encontrá-lo ali. Ele estava vestido de cinza e seu cabelo era cinza: as plantas em torno dele verde-escuras e o piso do corredor adiante verde-azulado. São detalhes e parecem tão bobos: um homem de meia-idade num escritório com uma pasta na mão — isso que eu quero dizer. E não havia alívio para sua ausência também. Quando ele ia embora, eu não pensava em mais nada: Seán no jardim de minha irmã, Seán em Brittas, Seán na Suíça. Eu me perguntava onde ele estaria neste minuto e fazendo o quê. Pensava num futuro juntos e afastava o pensamento, cinquenta, sessenta, cem vezes por dia. Era tudo tamanha agitação. Mas em algum ponto nos espaços — na certeza de vê-lo depois que as portas do elevador se abrissem, ou no choque de sua voz próxima — batia uma calma, uma espécie de perfeição. Era muito bonito, esse desejo que se abria dentro de mim e tornava a se abrir. E isso foi o que me levou além do arrependimento: a doçura de meu desejo por Seán Vallely, a sensação de algo impronunciável no cerne de tudo. Eu sentia — ainda sinto — que, se nos beijássemos de novo, nunca mais íamos parar.

Perdi três quilos.

O que era brilhante. Eu me jogava no trabalho, subia a escada correndo, sem paciência para o elevador. E muito raro encostava a testa numa parede conveniente e empurrava.

É surpreendente o quanto se pode ficar próxima de alguém ficando muito quieta.

Notei duas coisas e não sei se são diferentes ou estão ligadas. Em primeiro lugar, no escritório, havia essa coisa que ele fazia se eu soubesse de alguma coisa que ele não sabia, ou se eu tinha estado em algum lugar que ele ainda não conhecia — aquelas férias mergulhando na Austrália, por exemplo, ou minha facilidade para línguas, que contrastava tanto com o pouquinho de francês que ele sabia —, ele conseguia muito depressa se orgulhar dessas realizações, e gabar-se delas a meu favor. E isso me irritava: ele fazia parecer que era responsável por eu ser tão inteligente e colaborativa no geral. Então era como se eu tivesse visitado a grande barreira de coral e ele levasse o crédito. Ou no mínimo que estávamos juntos na história toda da barreira. E claro que estávamos. Quer dizer, quem não gosta da Austrália? Quando ele terminava de falar, a droga do continente inteiro parecia pertencer a ele. E tudo isso porque ele nunca tinha estado lá de fato, e eu sim.

Não havia como não admirar aquilo, como uma forma de transformar tudo para o bem.

— Estive lá, fiz isso — ele diria. — Não é incrível?

Mas não fazia eu me sentir incrível. Eu queria me livrar daquilo, daquele saco em que ele ficava me colocando. Chegou a um tal ponto que eu queria ir para a cama com ele — amá-lo até — só para ser eu mesma de novo, não descrita. Mas, acima de tudo, queria que ele não sentisse ciúme de mim em primeiro lugar. Ora, era só questão de entrar num avião. Isso foi antes de eu saber da infância dele, claro, e muito antes de eu me dar conta de que ele não queria fixar essa emoção particular. Ele gostava de sentir ciúmes, era seu consolo e companhia — pode chamar de ambição; era sua proteção contra a noite.

A outra coisa que notei foi que Seán não gosta de fato de comer. Não digo que ele não goste de comida, digo que ele detesta ter de mastigar e engolir — acho que há muito para não gostar. Apesar disso, havia sempre muita conversa sobre restaurantes: a escolha da mesa, o estalar do guardanapo, infindáveis discussões sobre o vinho e uma vaga afetação sobre a massa não ser feita em casa. Os jogos preliminares, digamos assim, não acabavam nunca. Então a comida chegava e ele esperava. Ele era capaz de cruzar os dedos e terminar o que estava dizendo, ou falar de alguma outra coisa. Por fim, dava o primeiro bocado cerimonial, fazia mmmm mmmm, e elogiava o prato: a maciez dos tomates-cereja, ou algo assim. Depois, comer um pouco normalmente — chomp chomp — até o momento em que eu me dava conta de que ele havia parado e estava olhando a comida. Ele podia tentar outra garfada, mas desanimava antes que entrasse na boca. Depois olhar mais um pouco; uma espécie de altercação. Finalmente, ele inventava alguma distração, dava um último bocado e empurrava o prato.

Aí, olhava para minha boca que ainda mastigava.

Eu estava apaixonada por esse homem — claramente apaixonada, ou no mínimo obcecada; o ritmo de seu apetite era algo que eu tomava muito pessoalmente. Mas Deus sabe, eu podia comer pela Irlanda inteira, de forma que ficava um pouco solitária depois de nossos encontros para almoçar; não apenas ávida, mas também frustrada ou rejeitada, como se a comida fosse culpa minha.

— Maravilhoso — ele dizia. — Já experimentou com *pesto*?

Eu me perguntava como seria viver com aquilo do outro lado da mesa, café almoço e jantar. Ficava todo mundo esperando com a língua de fora, até ele dar o sinal? Paravam quando ele parava? Aileen me parecia o tipo de mulher que conta o número de ervilhas que põe no prato. Toda aquela contenção.

Acho que Evie não chupa picolés, não é, Evie?

Ou eles eram um casal perfeito, eu pensava, ou não faziam sexo havia anos. Quando a ideia me ocorreu, fez muito sentido. Por isso os dois eram tão arrumados e polidos. Essa era a tristeza no olhar que ele me deu, quando se virou para trás no hall de Fiona.

Mas, embora eu tenha perdido três quilos e meio — eu contei — vivendo só de amor, eu não pensei muito em Aileen naquelas semanas de escritório. Para falar a verdade, esqueci que Aileen, ou mesmo Conor, existia. Quando eu voltava para casa, às vezes me surpreendia de encontrá-lo. Ele parecia tão grande e tão real.

Quem é você?

Essa é a delícia de um longo dia de trabalho.

Fizemos amor devidamente pela primeira vez, Seán e eu, num começo de noite, depois de sairmos de nosso almoço de sexta-feira e irmos para a festa de um sujeito que tinha tirado um ano de férias para ficar em seu iate. Conseguimos ficar depois que todo mundo foi embora, e os detalhes do canto que encontramos e do que fizemos, de como conseguimos e quem pôs o quê onde, não é da conta de ninguém, só nossa.

Secret Love

O que acontece com esposas? Elas fazem essa coisa — porque eu não sou a única a quem isso aconteceu. Não sou a única que foi convidada.

Atendi o telefone um dia antes do Natal e ouvi a pessoa do outro lado da linha dizer:

— Ah, olá, queria falar com Gina Moynihan.

— Sou eu!

— Oi, Gina, aqui é a Aileen, sabe, esposa do Seán Vallely?

E pensei: *Ela descobriu tudo.*

Lembro-me de cada palavra da conversa que se seguiu; cada sílaba nua e inflexão polida. Repassei na cabeça durante dias, com as notas perfeitas. Eu era capaz de cantar a conversa, como uma canção.

— Ah, oi — eu disse. Um pouco depressa demais. Com um ligeiro engasgo no "ah". Podia ter soado, ouvindo com cuidado, mais como "sai, oi". Aileen, porém, não perdeu tempo.

— Peguei seu número com a Fiona, espero que não se importe. Queria convidar você, depois do Natal. Fazemos um brunch de Ano-Novo, não sei se Fiona já comentou com você, é uma espécie de brunch e Seán prepara aquela coisa de *consommé* com vodca, para quem está de ressaca. Como chama?

Era o máximo de palavras que eu ouvia dela numa frase só. Levei um segundo para me dar conta de que ela havia parado.

— Bull Shots? — minha voz soou estranha. Como deveria.

— Isso mesmo. Começa às onze e meia, mas as pessoas chegam a hora que quiser.

Ela não me deu a chance de recusar, nem de aceitar, na verdade. Disse: "Seán adoraria que viesse, com Donal, claro."

Donal?

— Ótimo — respondi.

Talvez ela quisesse dizer Conor.

— Sabe onde é nossa casa: na esquina saindo para a esquerda da casa de Fiona.

— É, acho que sei — eu disse.

— O muro cinza áspero?

"Áspero" era bom. Ela não disse "o muro de granito velho", tinha muito tato para isso.

Nem mencionou — por que o faria? — a noite em que estacionei na frente daquele muro e fiquei olhando a casa dela durante duas horas, até, uma a uma, as luzes se apagarem. Não sei por que fiz isso. Fiona e Shay estavam passando o fim de semana em Mount Juliet, então não havia perigo de passarem e reconhecerem o carro: isso sem dúvida foi um fator. Eu queria estar perto dele, acho. Queria ver o cubo de luz em que ele se sentava. Queria também descobrir se os dois, Aileen e Seán, dormiam no mesmo quarto. Baixei o vidro do carro. O ar da noite estava absolutamente parado. Janela da frente iluminada: janela da frente apagada. Uma luz abafada dos fundos da casa, impedida por cantos e portas meio abertas. Apagada. Uma luz diferente acesa. Uma cabeça subindo e descendo, silhuetada, no que devia ser o patamar da escada — aquela meia janela acima da porta. A casa deles é como um desenho de casa de criança; terna e quadrada.

Ninguém põe o gato para fora.

Por volta de uma da manhã. Não estou mais ligada.

Mas sinto frio, tão esgotada pela excitação por aquela cabeça balançando no patamar que eu mal conseguia soltar os dedos da direção para dar a partida na droga do carro.

Mas é claro que Aileen não mencionou isso ao telefone. Ela não disse: "Se gosta tanto da casa, pode bater na porta." Ela disse, com muito tato, "o muro cinza áspero" e eu disse: "Aha".

Tenho em minha mesa uma caneta esferográfica com penas na ponta; presente de minha sobrinha quando tinha cinco ou seis anos. Fica espetada em meu porta-canetas; uma bailarina com saiote de penas azuis e às vezes acaricio meu rosto com ela quando estou ao telefone, e as penas se mexem e oscilam com minha respiração. Ou olho o rosto dela, que está sempre sorrindo.

— Acho que sei onde é — respondi. — Dia de Ano-Novo?

— Você vem. Ótimo — disse Aileen. — Espero que venha, sim. Tchau!

— Tchau — eu disse, mas ela já tinha desligado.

Aileen como socialite, checando os nomes da lista. Ela não me deu a chance de recusar. A esperta Aileen, nenhuma pressão, só um pouquinho de diversão. A competente Aileen. Aileen cuja pouca gordura se acumula em tristes bolsas de meia-idade em seu corpo de menino, que, sabe Deus, é ocupada demais para se importar com essas coisas, e o que se pode fazer, afinal, quando se praticam exercícios no *cross-trainer* três vezes por semana. Ocupada com a casa e com o jardim. Ocupada com as compras. E com a limpeza. Ocupada com as crianças. Ela tem emprego? Acho que sim, embora eu nunca tenha perguntado e agora com certeza seja tarde demais para fazer uma pausa ao brincar com o lóbulo da orelha de meu amante para sussurrar, "Então o que sua mulher faz o dia inteiro?" naquelas concavidades vermelhas.

Resolvo que ela não sabe. Se soubesse, ou sequer suspeitasse, saberia o nome de Conor direito.

Ou talvez ela saiba, e errou o nome de brincadeira.

Tínhamos nos encontrado, no momento do estranho impulso social de sua esposa, duas vezes mais. Não houve dúvidas na primeira vez, nenhuma hesitação. Concordamos, sorrindo, em almoçar no norte e, quando eu estava subindo a rua O'Connell, recebi uma mensagem de texto no telefone que dizia:

"Gresham 328."

Só isso. Nada de "preciso te ver", nada de "espero você lá".

Não houve nada também antes do segundo encontro; dez longos dias depois, num hotel na zona do aeroporto. Nenhuma frase rude, nenhuma foto anexada de algo inadequado.

Apenas: "Clarion 29."

E eu: "Ok."

Em ambas as ocasiões, discutimos a decoração; os quadros nas paredes e a cor do carpete: um marrom-terra, natural, no Gresham e um estranho verde inexistente no hotel do aeroporto, onde todos os hóspedes estavam de passagem. Seán tinha reservado e pago ambas as vezes — suponho que em dinheiro. Era como se tivéssemos nascido para isso. Nada de e-mails, de pistas de papel, apenas dois textos, imediatamente deletados.

E dentro desse andaime que construímos de falsos e animados arranjos e silêncios, depois do número nu na tela de meu telefone, e a passagem pela recepção onde ninguém se dá ao trabalho de chamar meu nome, e quando a porta foi localizada e nela bati, o champanhe bem pensado aberto e, olhos desviados, com um sorriso terrível nos lábios de ambos, o tapete comentado, nós fizemos — não sei se "sexo" é a palavra certa, embora fosse também, muito definitivamente, sexo —, fizemos ou trocamos exatamente o que queríamos e, quando não bastou, fomos mais longe e fizemos de novo.

Não falamos muito.

O silêncio tornava tudo aquele tantinho mais imundo, claro. E pessoas não falam num sonho. Ou, se falam, não é de um jeito real. Penso no silêncio que havia naqueles dois quartos enquanto realizávamos os atos deliberados e surpreendentes que nos levaram a ficar pele com pele. Era de dia. Dava para ouvir o tráfego de sexta-feira à tarde e, às duas da tarde, o toque do relógio da GPO. Não houve muitos beijos. Talvez por isso tudo tenha parecido tão claro — claro demais —, por que tão poucas palavras foram ditas.

Mas também, talvez, porque havia coisas demais para dizer, e todas erradas.

Ou talvez eu esteja sendo romântica aqui. Quer dizer, quem sabe no que Seán estava pensando naquele estágio. Ele disse de fato — acho que me lembro de ele dizendo "Sssh".

E realmente aquela primeira vez no Gresham foi um pouco apressada e desajeitada. Seán depois um pouco agitado, quase brusco. Mas a segunda vez. O segundo encontro. Foi perfeito.

Como ele era na cama? Era como ele mesmo. Seán na cama é o mesmo que no resto do tempo. A conexão é fácil de ver depois de ter feito uma vez, mas antes de fazer é um grande mistério: *Como ele é?*

Assim.

E assim.

Observei-o enquanto se vestia, no hotel do aeroporto, e fiquei lá depois que ele partiu para seu voo. Eu disse que queria tomar uma ducha, mas não tomei uma ducha. Me levantei e sentei na cadeira, olhei nossa retroimagem, a toalha abandonada no chão, a marca final dos movimentos que fizemos nos lençóis amassados. Então vesti a roupa e fui para o bar, onde sentei no rumor secreto de seu cheiro e tomei um único uísque, olhando em torno de mim, uma hecatombe de malas arrastadas, de voos desviados, de tristes despedidas.

— Viemos de carro de Donegal, o dia inteiro — uma mulher me disse, com lágrimas nos olhos e um copo de cerveja na frente. — Ela parte de manhã — e indicou uma mulher de grande idade e circunferência na banqueta a seu lado, com o cabelo preso para cima, como minha avó do campo, numa trança fina, grisalha, enrolada.

A velha, cujas roupas e dentes eram bem americanos, acenou a cabeça para mim tristemente, enquanto do outro lado do bar três jovens grandes me analisaram, depois voltaram a atenção para a televisão de tela grande.

O quarto, quando voltei a ele, estava realmente vazio. Até nossos fantasmas tinham ido embora. Ou talvez restasse alguma coisa — tentei deixar a porta aberta, mas olhei para trás um último momento e resolvi fechá-la ao passar.

Entreguei a chave na recepção: quatro computadores espaciais sobre pedestais, cada um manejado por um europeu oriental de terno preto e maneiras secas. Escolhi a fila mais curta e uma recepcionista loura, com o nome "Sveva" no crachá. Tive muito tempo para ler — qualquer que fosse o problema com o casal à nossa frente, quando cheguei a ela, éramos velhas amigas. Ela conferiu o monitor do computador e disse: "Sim, já está tudo acertado." Me deu um sorriso brilhante de indiferença e pensei — de repente, queria perguntar a ela — *Onde isso vai dar?*

Três dias depois, com seu magnífico sentido de timing, Aileen ligou, como uma mulher que chega em pânico quando o navio está se afastando do porto. Estava atrasada. Já tínhamos embarcado — não é essa a palavra que as pessoas usam? — em nosso caso amoroso.

No escritório, o flerte havia morrido. Adorei o olhar vazio que dei a ele ao lado da máquina de café, o indiferente "até amanhã", quando peguei o casaco do cabide. Era o poder que o nosso segredo nos dava. Quanto à fofoca envolvida, a trilha havia esfriado.

Essa deve ser a regra; que as pessoas são loucamente óbvias quando estão se preparando e pateticamente óbvias quando tudo terminou — mas enquanto está acontecendo, quando o acordo está feito e estão mergulhados na coisa, então ficam tão calados como um ministro do governo que tenha conta nas ilhas Cayman, e duas vezes mais hábeis em ajudar velhinhas a atravessar a rua.

— Oi, Seán, sinto muito pelos poloneses. Ainda estou atrás deles para conseguir os números para você. Disseram quinta-feira. Tudo bem?

— Tem de estar.

— Vou ficar insistindo — eu digo, o desejo como um chute no sangue, que atinge lá embaixo, se espalha por meu corpo inteiro, delicioso e aceso. É contido, mantido pelo segredo, minha pele a forma exata dele, porque eu sou o segredo, *eu sou o dinheiro*, e isso me dá a sensação de que posso fazer qualquer coisa.

Qualquer coisa.

A não ser contar para todo mundo, claro. O que quer dizer que não posso fazer nada, de fato, na vida real. A não ser ficar quieta e saber.

— Quinta-feira — digo. — Como é isso em polonês?

— *Czwartek.*

— Aaah. Bom.

Mas o acordo não estava feito depois do primeiro encontro no Gresham Hotel. Nada era certo depois. Talvez ele parecesse decepcionado — consigo mesmo, comigo, com a inevitabilidade de tudo.

— Me dê cinco minutos — ele disse, quando tentei sair com ele.

Pôs o dedo em meus lábios, áspero e humano, e se foi, me deixando com as paredes vazias e o mostrador digital do relógio do hotel, que se recusava a mudar. Cinco minutos. Fiquei parada à janela e o vi aparecer na rua lá embaixo, sem chapéu, curvado contra a garoa de novembro.

É isso.

Nada de combinações, nem sinal de combinações.

O que pode explicar meu pequeno lapso na frente do portão dele uma semana depois, sentada dentro do meu carro até depois da meia-noite, apoiada no volante. Porque uma semana à espera de ele ligar é muito tempo. Você pode enlouquecer em uma semana.

Eu era capaz de enlouquecer em uma tarde.

Nossas mãos se encontraram uma vez. Na cama. Me lembro do choque. Nossas mãos se tocaram quando estávamos nus e ocupados, e foi efetivamente embaraçoso — tal era a carga de realidade que elas possuíam. Eu me desculpei, como se faz com um estranho em quem se esbarra na rua.

Durante uma semana, depois do Gresham Hotel, puxei o amor dele para mim, sentada absolutamente imóvel, sem pensar em nada além do segundo seguinte, e depois no próximo, quando ele iria se materializar, sorrindo, na minha frente, ou meu telefone ia saltar com sua chamada.

Mas não saltou. Por mais segundos que eu imaginasse, em tantos longos dias, ele simplesmente se recusou.

Claro que encontrei com ele algumas vezes: passei por sua mesa, ele passou pela minha. Discutimos, uma ocasião, as calorias ocultas no café com leite médio. E depois seguimos em frente.

Em casa, eu estava zangada com Conor o tempo todo. Como ele podia passar comigo a noite inteira, comer comida indiana delivery, assistir a *A família Soprano* e não perceber o torvelinho em que eu estava? Se amor era uma espécie de conhecimento, então ele não me amava, porque não tinha a menor desconfiança. Era um sentimento muito estranho. Alguma força fundamental tinha sido removida de nosso amor; como dizer ao mundo que não existe uma coisa chamada gravidade, afinal. Ele não me conhecia. Ele não conhecia sua própria cama.

Eu me afastava dele à noite e talvez uma única vez me submeti a suas atenções — pela tristeza daquilo, e pela consolação. Me levantei às quatro da manhã, comi cereal direto da caixa, com colheradas da manteiga de amendoim ao lado. Acordei cedo de manhã, me vesti e me revesti; saltos altos, mais altos. Depois desci dos saltos e calcei sapatos baixos, abotoei de novo a blusa até em cima e fui trabalhar. E no domingo, oito dias depois de ter saído daquele quarto no Gresham Hotel, me vi diante do portão de Seán no escuro, apoiada no volante, fazendo acordos, lançando encantamentos.

Na segunda-feira, comprei uma coisa para ele.

O verdureiro local é um pequeno barracão yuppie, aberto aos elementos. Em dezembro tem caixas de tangerinas natalinas, figos verdes, romãs amarradas com tela branca formando um oito. Escolhi um saco pequeno de lichias, frias e ásperas ao toque. Comi uma a caminho do escritório, parada numa porta e me abrigando da chuva. Nunca as tinha experimentado frescas antes. A casca é como madeira; tão grossa que dá para ouvir se rompendo. Embaixo o branco escuro da fruta; lisa como um ovo cozido e mais escorregadia, e no meio dessa polpa acinzentada e perfumosa, um caroço vermelho-escuro, cercado por uma mancha rosada.

Tínhamos conversado sobre a China. Seán disse que eu devia aprender mandarim. Disse que havia estado em Xangai — eu já havia estado em Xangai? Era igual à porra do velho-oeste lá — e quase comprou para a filha no aeroporto um DVD de aprenda sozinho, embora ela tivesse passado daquele estágio em que de certa forma cantam a fala, aquele estágio perfeito em que você entende como o chinês foi inventado. Ele disse que se chega àquelas avenidas, àquelas vias de oito pistas, completamente vazias, e se entende algo sobre o futuro — que podia ser feito. Sem dúvida, era assustador. Mas o futuro era também *normal*.

Mas não, eu nunca havia estado em Xangai. Pus o saquinho, ainda manchado de chuva, em cima da mesa dele. Era isso o que eu queria dizer? — o que está debaixo da pele fica debaixo da pele. Que eu estava querendo manter as coisas pequenas.

— Onde você ficaria — ele me perguntou depois — se precisasse de um hotel de aeroporto?

— No Clarion? — respondi.

E três dias depois fechei a porta daquele segundo hotel ao passar e peguei um micro-ônibus para o terminal do aeroporto, entrei na fila do táxi e fui para casa sem tomar banho e sem me importar, atendi o telefone, e me vi falando com a mulher dele, sendo convidada pela mulher dele; que queria, talvez, dar uma boa olhada em mim, agora que era tarde demais.

Isso me deixou mais triste que tudo. Desliguei o telefone e sacudi minha bailarina de penas numa advertência.

Agora veja só o que você fez.

Kiss Me, Honey, Honey, Kiss Me

Nesse meio-tempo, havia a festa do escritório para enfrentar. Às nove da noite, estou parada no salão do l'Gueuleton na rua Fade, me despedindo de Fiachra, que está tentando voltar para casa, para a mulher grávida. Quando ele consegue, Seán, que está assistindo, encosta as costas na parede e bate a cabeça nos tijolos — uma, duas vezes — dizendo: "Porra, porra." Eu digo: "Aonde podemos ir?" E ele diz: "Não podemos, simplesmente não podemos", mas estamos os dois bem bêbados e acabamos nos arrastando para o estacionamento da rua Drury para mais um beijo interminável em algum canto de concreto com cheiro de gasolina e chuva, com o som de pessoas passando nos andares distantes e o guincho de carros encontrados respondendo ao controle remoto.

E esse é também mais um beijo épico, de escorrer pelas paredes como nunca, sinto que estou saindo pela cabeça, que toda a confusão costumeira que sou está em movimento. Por fim, mal nos tocamos e tudo é tão claro e terno que me vejo capaz de dizer: "Quando vou te ver?" ele diz: "Não sei. Vou tentar. Não sei."

Ando entre as luzes de Natal da cidade, nenhum táxi à vista, a cidade enlouquecendo em torno de mim, e penso como o beijo é uma extravagância da natureza. Como canto de pássaro; verdadeiro e adorável além de qualquer utilidade.

E depois, casa: a mordida da chave na fechadura fria, o cheiro do ar parado do corredor, e no andar de cima a luminosidade do laptop de Conor. Subo até lá — bêbada, surpresa cada vez que meu pé encontra um degrau. Meu marido está sentado na poltrona, o rosto azul à luz da tela, e nada se mexe a não ser o rápido jogo e o giro de seus dedos no mouse e o polegar que clica.

— Foi boa a noite?

Claro que eu não tinha a menor intenção de ir à bendita festa de Aileen. Mas foi um Natal longo em Youghal, estourando crackers de surpresas, conversando bobagem, bebericando cada dia até um estado de dura sobriedade que me mantinha acordada à noite, com ódio. A família de Conor nunca bebia no pub do pai, embora de vez em quando um ou outro pegasse o paletó e embarcasse num minitáxi para pegar um turno atrás do balcão. Moravam na estrada de Cork, com um riacho passando no quintal, e mantinham-se afastados dos bêbados comuns da cidade com caixas de vinho francês, que obtinham com seu importador em Mullingar.

A mãe de Conor usava calça cor de creme para combinar com o cabelo louro-acinzentado, e joias finas de ouro no bronzeado leve, permanente. O pai era um homem grande, físico, que gostava de dar uma boa bolinada quando cumprimentava; que achava que bolinar uma nora era, na sua idade, muito justo. A esposa o censurava, lançava um "Muito obrigada, Francis!" e todo mundo ria do meu desconforto — não é imaginação minha — e da maravilhosa maldade tesuda do velho.

Os dois formavam um bom casal. Divertiam-se. A casa estava sempre cheia de primos, amigos e vários "associados" que apareciam trazendo garrafas de Heidsieck ou Rémy Martin, com risadas do tipo "ensinar pai-nosso ao vigário" ao serem convidados para a sala da frente. Eu me lembrava de meu pai, a falsa seriedade de "ah, não ligue para esse aí!", com sua insinuação de autoimportância e coisas não ditas; como se eles *soubessem de tudo*.

Não sei bem o que havia para saber — nem meu pai —, não sei bem o que queriam com todo aquele ar de esperteza: a licença do pub, talvez; ou permissão de construção para algum bangalô. Não me parecia valer a pena tanto balançar de cabeça, tantas piscadas, e embora me desse nostalgia dos homens que faziam cócegas em meu pescoço para fazer aparecer moedas no salão, Conor detestava aquilo — ele sentia literalmente coceira dentro da roupa e queria se livrar.

O que Conor gostava ao voltar para casa era da chance de ser menino outra vez. Gostava de lutar com seus irmãos, de ficar preguiçoso, de deixar todo o trabalho da cozinha para as mulheres, e isso nunca deixava de me surpreender. Se isso era regressão, então ele voltava para algum eu menor, havia muito descartado. Então minha raiva diante da pia era apenas em parte pela amolação de ser convidada naquela casa, tinha mais a ver com a perda do homem que eu conhecia para aquele adolescente grosseiro que era um estranho, possivelmente até para si mesmo.

Na cama, à noite, eu tentava trazê-lo de volta — eu estava indo para a cama com Seán na época, sei disso, mas essas coisas nunca funcionam como a gente acha que deveria — e algumas noites, antes de a bebedeira ficar muito sem humor e constante, eu batia na sua cabeça marrom raspada para ver se ele ainda estava lá. E ele estava. Abria os olhos no escuro. E me amava por cima, por baixo, de lado, como se eu fosse um sonho de seu futuro que se realizava apesar de impossível, ali entre seus velhos cartazes de futebol e CDs espalhados, como se a verdade fosse melhor do que ele jamais poderia imaginar.

Não brigamos até a noite de Ano-Novo. Não lembro o que provocou a briga. Dinheiro, provavelmente. Nós sempre brigávamos por causa de dinheiro. A mãe dele. Bom, é só marcar na lista. A máquina de lavar que transbordou depois que ele a "instalou", apertou o botão e voltou a jogar Galáxia Ameaçada. A coisa toda da internet me deixava maluca nessa época — não lembro quando aconteceu, quando Conor, tão afiado, se transformou no Conor que perdia tempo com um bando de vagabundos on-line. Cheguei a ponto de investigar seu histórico de navegação uma vez, mas era absolutamente comum — o que só piorava as coisas, de alguma forma: naquela altura eu ficaria contente de encontrar pornografia.

Mas essa não pode ter sido a briga que tivemos em Youghal porque estávamos fora, longe de qualquer tela, para variar um pouco. Estávamos andando na praia, e a dor do ar frio em meus pulmões era igual à dor da vista em meus olhos, depois de quatro dias de confinamento na cozinha e de televisão natalina ruim. Acho que foi o fato de estar ao ar livre que liberou. Mesmo quando eu gritava, minha voz parecia ser um eco distante, lá onde o céu ficava baixo em cima do mar.

A praia não estava completamente vazia — havia uma mulher caminhando perto da água e um homem com uma câmera muito simples tirando fotografias dos gigantescos degraus de concreto que protegiam a terra das ondas. Linhas de postes negros marchavam pela praia, menores e menores, dominados, cada um a seu tempo, pelo movimento da areia. As casas de verão novas, uma pequena aldeia de brinquedo, aninhadas debaixo de um promontório distante. Conor disse que seu pai era dono de quatro delas. *Já viu uma coisa dessas?* Mas não eram tão ruins. Pareciam quase bonitas debaixo do céu azul de inverno, através do ar tão parado que parecia estalar. Nem as ondas — ou será que é só o jeito que eu lembro? —, nem as ondas faziam barulho.

Na verdade, a briga não foi sobre dinheiro; nem sobre a internet, ou a cozinha inundada, nem sobre a caixa de nossas vidas (me lembro de ter dito isso), a cor da caixa, ou o cheiro dela, se as coisas funcionavam na caixa ou não, mas apenas o fato de que estávamos na maldita caixa, quando devíamos estar em liberdade.

Foi no último dia do ano. Eu tinha resolvido parar de fumar de manhã. Talvez fosse tudo por causa disso: o gemido do viciado antes de levarem tudo embora. Ou talvez fosse porque eu estava parando de fumar por Seán, que achava o cheiro de cigarros velhos muito nojento. Então ele também estava pairando com o passar do dia — aquela necessidade que eu tinha de estar pronta para Seán. E a raiva que vinha disso era terrível; o puro aborrecimento de abrir meu caminho para fora de uma caixa, e me descobrir dentro de outra.

Nada se compara a um pouquinho de drama numa praia vazia, aos agudos gritinhos e batidas de pé divertidas das gaivotas, zumbido para os peixes. Nada é tão inútil e renovador: costas tristes batendo em um milhão de grãos de areia ofendidos, o tênue chiado de passos se afastando nas pedras.

Conor foi para o carro e me deixou sozinha com o horizonte e a linha em que o mar lambia a praia, e fiquei olhando a água afundar na areia ou se afastar dela.

Eu estava bem feliz então. Acendi um cigarro e fiquei contente de ele durar bastante. Nada se mexia, a não ser a água, que está sempre se mexendo. Achei que o mundo podia ter parado, a não ser pelo progresso da cinza ao longo da haste branca do cigarro.

Era a noite de Ano-Novo — dia de que eu menos gostava no ano — e achei que simplesmente não podia fazer isso dessa vez. Achei que a meia-noite ia me matar, cada batida do maldito relógio. Eu queria sentar onde estava e deixar o tempo passar em algum outro lugar. Como se faz isso? Poder levantar e deixar a terra rolar debaixo dos pés. Poder flutuar naquele mar frio e parado. Poder amar um homem e nunca parar de beijar outro.

Nunca parar.

Quando voltei para o carro, disse a Conor que ia para casa, que realmente queria ver minha mãe essa noite e que ele podia ir também se quisesse, mas eu preferia que não fosse.

— Não, prefiro mesmo — eu disse.

E que eu apenas... queria... algum tempo... certo?

Conor, por pena disso e por todo triste lugar-comum humano, suspirou e debruçou-se sobre a ignição.

— Eu levo você lá — ele disse.

— Não.

— Bom, então leve o carro — ele disse. — Eu pego uma carona.

E eu não disse "obrigada", nem "desculpe", nem "não é você, é a droga do cigarro". Não menti para ele, nem disse a verdade — e tudo aquilo não tinha nada a ver com ele nem, de certa forma, com Seán Vallely.

* * *

Fui para Waterford pela N25, derrapando pela estrada cheia de curvas, e entrei em Dungarvan bem quando as luzes da rua se acenderam. Pensei na cara de minha sogra quando me despedi inesperadamente, apressada.

— Não se preocupe — eu deveria ter dito —, não vou partir o coração de seu filho.

Ou algo dessa natureza. Mesmo que fosse mentira. Mesmo que fôssemos conversar, coisa que não fizemos, claro. O poder tinha mudado entre as mulheres de Conor, só isso, embora eu não gostasse dele tanto quanto se poderia esperar.

Conor trouxe o carro para a frente da casa e pus minha mala no porta-malas. Dei um beijo de despedida em cada um diante do grande bangalô branco, e meu infame sogro não usou as mãos dessa vez. Mas, sabe, eu nunca me importei mesmo de flertar com meu sogro. Talvez até gostasse. Sou uma terrível paqueradora.

Passei pela saída de Brittas e pela de Enniskerry no começo das luzes da estrada. Segui toda vida até a saída de Tallaght, percorri as ruas de subúrbio e puxei o freio de mão na frente da casa de minha mãe. Desliguei o motor e fiquei sentada no carro no silêncio do inverno, o sangue em minhas veias ainda violento.

Era bom estar um pouco com minha família. Mesmo que eu não tivesse uma família de verdade e fôssemos só nós duas, sentadas na frente do fogo de verdade da lareira artificial a gás de minha mãe, mudando de canal até os sinos da meia--noite, bebendo coquetéis Sea Breezes.

Joan bateu a cinza do cigarro vagamente na lareira, mesmo não sendo uma lareira de verdade, e soltou as meias de seda através do tecido da saia, para acomodá-las em torno dos tornozelos, em dois ninhos impalpáveis. Minha mãe era estranhamente desleixada para alguém de aparência imaculada. Ou mais que imaculada; para alguém que parecia captar a luz disponível em torno de si. Eu costumava ficar envergonhada quando ela sentava na cozinha com nossos amigos depois da escola, conversando com todos e deixando a cinza do cigarro cair no chão de ladrilho. Não que ela não tivesse cinzeiro.

Uma vez, encontrei um dentro da geladeira — o que não era uma surpresa; o conteúdo da geladeira era sempre um pouco arbitrário. "O que você faz o dia inteiro?", me lembro de ter gritado para ela, quando cheguei com fome uma tarde. Ao que ela não respondeu nada. Não havia nada a dizer.

Acho que, nos primeiros anos de viuvez, ela deixou as coisas despencarem e não a perdoamos por isso. Crianças querem as coisas normais. Talvez só queiram isso.

Normalidade foi, de qualquer forma, exatamente o que recebi naquela noite de Ano-Novo: um sanduíche de queijo e tomate, uma xícara de chá; minha mãe sacudindo as garrafas para ver se havia algo que valesse a pena, balançando a embalagem de suco de cranberry e dizendo "faz bem para a bexiga", e nós duas fomos para a sala para conversar sobre — é difícil lembrar o que conversamos, não consigo fixar nada em minha cabeça. Lembro que ela disse: "Como vão seus parentes?"

E eu respondi: "Você não quer saber."

Dietas, evidentemente; o fato de que quando se fica mais velho o peso muda todo para a frente. Acho que também falamos de separados versus vestidos, velhos namorados e o que aconteceu com eles, tanto os dela como os meus. Minha teimosa aversão por pastéis. O de sempre.

Então, à meia-noite e cinco ela se levantou, foi para a cama e eu não sabia o que fazer ou para onde ir. Talvez ela estivesse tão acostumada à sua rotina que não lhe ocorreu me acompanhar até a porta.

Cheirei o resto do meu drinque e engoli.

— Estou acima do limite? — perguntei e detonei uma grande confusão. Joan, para quem o transporte público era um mistério profundo, não quis nem ouvir falar de eu tentar encontrar um táxi.

— Bem nesta noite — ela disse.

— Ah, querida. Suba para o seu quarto.

Ela estava no hall nessa hora, apoiada no pilar do começo da escada, e seus olhos, acima da respiração arrastada e chiada, estavam arregalados de preocupação.

— Bom, deixe eu ajudar você ao menos — eu disse, mas ela me dispensou com um gesto e começou a subir sozinha, segurando o corrimão.

— Só esta noite, veja bem!

No caso, pensei que a carga de cuidados estava para mudar na minha direção.

Subi atrás dela e fui para meu antigo quarto, deitei na cama e tirei a roupa peça por peça entre lençóis pegajosos de frio. De manhã, acordei como uma criança e desci para um café da manhã de ovos e salsicha, torrada, manteiga, chá. Minha mãe já estava vestida com um conjunto de cashmere cor de framboesa e saia de tweed, maquiada — só alguns pés de galinha, ela realmente tinha uma pele ótima. Ela censurou minhas meias baratas e me mandou para cima, pegar uma meia-calça nova em sua gaveta: "Mãe, eu tenho trinta e dois anos."

Recusei as meias, mas encontrei um imenso anel de fantasia que ela guardava de seus dias de bailes e peguei isso emprestado no lugar. Quase peguei um lenço de pescoço também, mas alguma tristeza me fez colocar de volta no último minuto, dizendo: "Não sei quando vou devolver para você."

Então embarcamos em seu Renault e fomos para Bray, onde meu cunhado estava fazendo uma prova de natação de Ano-Novo.

Atravessamos a cidade deserta e estacionamos junto ao litoral. Levamos algum tempo para encontrá-lo no meio da multidão da praia; o marido de pantomima da minha irmã, usando uma peruca grotesca e uma camiseta amarela com a palavra "Cuidado" escrita na frente. Ele estava recolhendo dinheiro para a "depressão", disse, enquanto seus filhos se agarravam às pernas de Fiona e olhavam para ele, congelados e perplexos. Ele parecia gordo. Ou pior que gordo, pensei — com aquela barriga e as pernas que ficavam mais finas com o colante preto de lycra —, parecia de meia-idade. Os pés, principalmente, eram horríveis; brancos como cera nas pedras da praia, enquanto ele batalhava para ir mais fundo, agitando a água e o estridente masoquismo da multidão. Eles espadanaram por ali e se viraram para acenar para a praia, o que me deixou inquieta: ver as pessoas nadarem com máscaras de Halloween e chapéus com pompons, ver o sujeito a seu lado tirar o paletó e se transformar num louco, que não sabia a diferença entre seco e molhado.

Depois, fomos tomar sopa e chá em Enniskerry, e nossa mãe ficou para cuidar das crianças, enquanto caminhávamos até a casa de Seán e Aileen para curar a ressaca com Bull Shots.

Então estava tudo natural e em ordem, como devia ser, quando, às duas da tarde, eu estava andando direitinho no caminho de cascalho do dia de Ano-Novo até a porta cinza-fosco pertencente a meu colega e conhecido Seán Vallely, com a aldrava em forma de mão que sua esposa havia trazido da Espanha.

A casa não era tão grande quanto eu me lembrava da noite em que fiquei vendo as luzes se apagarem. De alguma forma, nos dias seguintes ao meu pequeno incidente de tocaia, ela havia crescido em minha cabeça e virado uma casa de campo georgiana, com um espaço de terra não específico na frente e atrás. Mas na verdade era apenas uma casa geminada, e as janelas — uma de cada lado da porta, e três enfileiradas no andar de cima — não eram tão grandes. Mesmo assim, tinha aquela coisa. Tinha loureiros em forma de pirulito com laços vermelhos de Natal, tinha luzes brancas de bom gosto penduradas dos beirais, tinha aquele cascalho de Cotswold e cerca viva de buxinho que eu detestava e gostava em partes exatamente iguais, e cheguei à porta com maldade na cabeça.

"Bela aldrava", eu disse, erguendo os dedos finos de latão e deixando que caíssem. Depois fixei os olhos na madeira pintada e fiquei esperando que se abrisse.

E, quando a porta se abriu, não havia ninguém.

Claro, era Evie do outro lado e isso me desequilibrou. Tive de baixar os olhos do trecho de ar em que esperava encontrar um rosto adulto, e minha expressão, quando a encontrei, pode ter escapado ao controle. Ela olhou para mim com aquela expressão curiosa e contida dela, e Fiona disse: "Você se lembra da tia da Megan?"

— Lembro — embora não houvesse na voz dela nada que fizesse você acreditar.

Então ela disse: "Oi, Gina."

E eu respondi "Oi, querida", porque ela era mesmo uma querida recolhendo casacos com aquele jeito atordoado, deliciado, para levar escada estreita acima, onde seriam deixados em cima de alguma cama não especificada.

Eu não havia pensado em Evie nem uma vez esse tempo todo. Não sei por quê. O fato de a esposa estar sempre presente, ela era como um muro percorrendo a lateral de minha mente, mas, quando se está nas pulsações da luxúria por um homem, não se pensa — talvez simplesmente não se consiga pensar — em sua filha. No que me dizia respeito, Evie era irrelevante em toda a história de eu ir para a cama com Seán, a sombra dela não podia, nem iria, se projetar sobre nossa cama de hotel. Seria errado para ela existir nesse momento: seria ligeiramente obsceno. Ou menos que obsceno — simplesmente não faria sentido.

E agora, ali estava ela. A realidade dela me pasmava. Ao vê-la subir a escada com meu casaco deitado nos antebraços, tive a intuição de certo futuro sombrio. Ou, pior que isso: havia uma palavra que eu queria gritar para suas costas enquanto ela subia, algo intempestivo e bizarro como: "Vaquinha!"

Mas eu não sabia qual palavra, ou de que tipo de drama provinha. "Assassina!" Essa era miss Brodie ou Baby Jane? Quando eu estava na escola, fomos assistir a *Hamlet*, e durante a cena de loucura de Ofélia, uma moça de alguma cidade do interior, uma baixinha sem peitos, de cabelo sujo, se levantou na minha frente e rugiu para a atriz no palco: "Ah, mostra essa buceta!"

Era desse jeito. Mais ou menos.

Claro que eu não queria gritar isso, nem nada semelhante, para a menina. Eu não tinha palavras para o grito na minha cabeça e nenhuma intenção de procurá-las, mas foi um momento perturbador, seja o que for que tenha tomado conta de mim. Parada pela primeira vez no aroma da vida doméstica de Seán Vallely — todo laranja e cravos de Natal —, olhando as lindas costas de sua filha a subir a escada, os braços estendidos cuidadosamente à frente; as meias brancas, a pele fresca e secreta da parte posterior dos joelhos, como uma menina dos anos cinquenta — acho que não se conseguiria nem forçar Megan a usar uma saia nessa idade, a menos que fosse com legging —, mas ali estava ela, com um pequeno kilt perfeito e sapatos pretos de verniz, meu Deus.

E então Aileen estava no hall, toda falsa agitação e precisão.

— Entre, entre! — ela disse e nos beijou um a um. — Feliz ano-novo! — Primeiro Fiona, depois Shay e a seguir eu.

Estou tentando lembrar o cheiro ou a textura de sua pele, ou lábios; a sensação de sua proximidade, mas uma espécie de vazio aconteceu quando ela se aproximou para o beijo. Ela recuou depressa. E sorriu de novo.

— Que bom que vieram. Os outros estão lá dentro.

Outros o quê?

Ela não era tão velha como eu lembrava, embora usasse um batom bem meia-idade, rosado e perolado, em seu rosto útil, pouco atraente. Estava com um vestido preto pregueado, Issey Miyake, debruado de turquesa, com a gola em torno do pescoço erguida num babado duro. A roupa fazia parecer que ela era alguma criatura macia, espiando para fora de sua linda casca dura.

A casa — ao contrário da roupa — era surpreendentemente despretensiosa. Havia um escritório à direita da porta por onde entramos, uma cozinha no fim do corredor. Do outro lado, eles haviam demolido da frente até os fundos para fazer uma longa sala de recepção.

— Que lindo — eu disse a ela, observando tudo.

— Ah, não é grande coisa — ela disse. — Eu queria tirar a parede dos fundos, mas Seán disse que está na hora de vender de novo e mudar de volta para a cidade.

— Que tal a casa nova? — Fiona perguntou.

— Ah, isso, sim. Adoramos.

— Não é ótima? — disse Fiona.

Ela se voltou para mim: — Nós encontramos uma casa velha maravilhosa, com vista para o mar em Ballymoney. Lá no alto — e voltou a Fiona. — Quando vai deixar Megan descer? Eu vou direto depois de pegar a menina na escola, sabe, Seán vai quando pode, a cada dois ou três fins de semana.

Claro que eu estava esperando pistas, mas fiquei surpresa quando foram atiradas em cima de mim assim que entrei. Aileen não estava querendo que eu soubesse de sua casa de praia — todo mundo que tem mais de quarenta quer que você saiba da casa de praia —, ela estava de fato me passando seu horário. Soletrando para mim: meu marido vai estar livre a cada duas (ou três) sextas-feiras, mas no sábado ele entra no carro e me acompanha para fora da cidade, onde acendemos a lareira, tomamos uma garrafa de vinho tinto e olhamos, *lá de cima*, o lindo mar, sempre mudando.

E tudo isso antes de eu ter um drinque na mão.

— Ah, que lindas — eu disse, para escapar, olhando a série de fotografias na parede. Havia uma fileira delas em molduras quadradas, escuras; as imagens em preto e branco superexpostas, rebrilhando. Levei um momento para reconhecer Evie numa delas, depois em outra — eram fotos de estúdio, tiradas quando ela era bebê. Muito artísticas, bonitas. Aileen de camisa branca, encostada numa parede branca. Seán despenteado.

Pensei ter ouvido a voz dele na cozinha e virei depressa à esquerda para a longa sala de jantar, que estava confortavelmente cheia de gente. Quatro belas janelas envidraçadas. A comida de um lado, as bebidas junto à porta, um filipino circulando para encher novamente os copos com uma garrafa em cada mão.

Frank estava lá, para certa surpresa minha — o velho Frank conversa mole — ele me lançou um olhar escorregadio do outro lado da sala, como se houvesse alguma coisa que eu não soubesse. Durante um segundo, pensei que teria a ver com Seán e comigo, mas Frank não faz sexo, ele faz outro tipo de correntes e acordos escondidos; do tipo que acontece entre homens e não trata de nada que se possa tocar — não é sobre carros, não é sobre futebol, não é sobre quem vai vencer (embora vencer o quê às vezes seja também a questão). Digo isso com certa amargura, porque Frank foi promovido passando por cima de mim três meses depois, de forma que agora eu sei. Um homem sem nenhum talento perceptível, a não ser estar *ao lado*.

Cumprimentei com um aceno de cabeça através dos vários corpos e mãos gesticulando entre nós, e ele veio até mim para me dar um beijo desajeitado antes de ir embora.

— Ano que vem em Varsóvia — ele disse.

Coitado do Frank.

Ouvi Seán, que o acompanhou até a porta, e fui até a mesa de bebidas, onde ele poderia me ver quando olhasse para dentro, sem precisar cumprimentar. O silêncio quando me registrou foi muito ligeiro e muito interessante. Não olhei para ele. Sorri, como se para mim mesma, e me afastei.

Reconheci alguns rostos das festas de Fiona, só que ali não havia crianças, e as mães, embonecadas no meio do dia, pareciam catastróficas, algumas, ou então surpreendentemente bonitas e bem-arrumadas.

Fiachra também estava lá, com sua esposa grávida chamada — eu devo ter entendido errado — "Dahlia". Era estranho conhecê-la em carne e osso — na verdade com toda aquela carne a mais; ela estava imensa. Acenou um copo de vinho para mim e disse: "Acha que isto vai precipitar as coisas?" Deu um gole e fez uma careta. Ela contou que, no Festival de Cinema de Galway, uma mulher encheu a cara e na manhã seguinte acordou no hospital, com a pior ressaca do mundo e um bebê no bercinho ao lado dela.

— Tipo, o que aconteceu ontem? Onde estou?

— Credo.

— Bêbada. Já imaginou? As parteiras devem ter adorado.

— Como elas iam saber? — disse Fiachra, duro feito um osso, como sempre, e com uma exclamação virou-se para uma mulher que havia chegado perto dele.

Não sei como ela era normalmente — Dahlia, Delia ou Delilah —, mas com trinta e oito semanas de gestação estava tão lenta e histérica como um rabanete com um ataque de nervos. Ela me puxou por cima da barriga — literalmente me puxou pelo tecido da blusa — e disse em voz baixa:

— Por que meu marido está conversando com aquela moça?

— O quê? — falei. — Fique quietinha.

— Não mesmo — ela disse. — Ele conhece ela?

Ela estava chorando. Quando aquilo começou?

Falei: — Gostaria de comer alguma coisa, talvez?

E ela disse: — Ah, comida.

Como se nunca tivesse pensado *nisso* antes.

Eu a pus sentada no sofá e levei um prato cheio de tudo: quiche, salmão no vapor, salada verde, salada de batata com avelãs torradas, uma coisa de aipo ao forno; e também umas fatias de alguma ave, com farofa de linguiça e um pouco de repolho roxo com cravos natalinos. Notei que não era encomendado. Eles mesmos tinham cozinhado.

— Está um pouco misturado — eu disse.

— Ah, tudo bem — ela respondeu. — Não importa.

Eu queria escapar dela, mas parecia impossível. Havia ao mesmo tempo a tentação de sentar a seu lado — quase que por calor humano — e cedi a isso, conferindo em torno para ver se Seán tinha saído da sala outra vez. Ou talvez fosse com Conor que eu estava preocupada, mesmo sabendo que ele estava tão longe.

Ela vestia camiseta vermelha e calça jeans de grávida, com um bolerinho de lantejoulas que, diante da escala de seus peitos, parecia saído de um brinquedo de Natal. Ela equilibrou o prato em cima da barriga, depois se acomodou mais ereta para colocá-lo sobre o joelho. Por fim, apoiou o prato no braço do sofá e girou para ele a parte menos grávida de si mesma, deixando a parte mais grávida para trás.

— Ai, meu Deus.

Achei que a ouvi choramingar ao começar a comer. Virei para olhar a sala, e o balão da barriga dela continuou a inchar pelo canto de meus olhos.

— Ai, meu Deus.

Alguma coisa deslizou por sua barriga, uma ondulação ou uma sombra, e eu me assustei como a gente se assusta com uma aranha ou com um camundongo. Virei para olhar e aconteceu de novo — o que parecia um osso de ombro subindo e baixando de novo, como algo que pressionasse através de látex, só que não havia látex ali embaixo, havia pele.

Talvez fosse um cotovelo.

— Sobremesa? — perguntei.

— Ai, claro — ela disse, sem se voltar. Eu me levantei e a abandonei, não consegui encontrar uma sobremesa para ela nem alimentá-la de novo.

Era o tipo de festa em que ninguém comia a pele do frango. Brilhante de mel como estava, com o toque de pimenta, a pele do frango era deixada na beira de todos os pratos. Descobri isso depois, quando retirei os pratos para a cozinha, ziguezagueando entre os convidados, cantarolando ao passar. Deixei-os no balcão da cozinha ao lado de Seán, que zelava por seu balde de bebida e, realmente, talvez quisesse que eu fosse embora.

Ou quisesse que todo mundo fosse embora. Eu não conseguia distinguir.

— Bom Natal? — perguntei.

— Bom, obrigado — ele disse. — E você?

— Ótimo.

Além disso, eu não tinha a menor intenção de ir embora. Estava me divertindo muito.

De volta ao bufê, Fiona e as Mamães estavam dando tudo. Curvavam-se cochichando, maliciosas, depois se reviravam para trás às gargalhas, as mãos cobrindo as bocas, *Ah, não!* Pessoas desciam de lado para aparar um copo, ou abocanhar um pedaço mais de uma coisa ou outra. Havia tigelinhas de nozes glaceadas e fatias de mangas desidratadas cobertas com chocolate amargo. Amargo mesmo. Pelo menos 80 por cento.

— Morri? Estou no céu? — me disse uma mulher à minha frente, antes de levantar a cabeça com um ruidoso: — Porra, conheci ela na escola.

Estavam falando de cirurgia plástica. Na verdade, duas mulheres da sala tinham aquela cara confusa que o Botox dá, como se você estivesse tendo uma emoção, mas não conseguisse lembrar qual. Uma delas tinha os lábios tão inchados que não conseguia encaixá-los no borda do copo de vinho.

— Alguém arranje um canudinho para essa aí — disse a amiga de escola, e virou-se para examinar um doce de xerez, a mão subindo até a pele do pescoço.

Reconheci alguém da televisão perto da parede do outro lado, e um imbecil horroroso do *Irish Times*. E claro que Aileen tinha emprego, me lembrei então, ela era uma espécie de administradora universitária — o que explicava os tipos acadêmicos com suas roupas alarmantes, que ocupavam todas as cadeiras e observavam a sala com olhos apáticos. Os maridos de Enniskerry se agrupavam e conversavam sobre propriedades: um conjunto de três piscinas na Bulgária, um quarteirão irlandês inteiro em Berlim. Seán não estava trabalhando a sala, mas brincando com ela. Ia semeando lentas piadas, espiando de volta por baixo dos uivos de gargalhadas.

— Não se preocupe — ele disse por cima do ombro.
— Mando a fatura disso aí logo de manhã!

Aileen também estava se esforçando. Ela me pegou na porta da cozinha e fez uma porção de perguntas interessantes a meu respeito. Ligeiramente tocada como estava, um cálice de champanhe na mão, ela me apertou sobre minha vida. "Onde está morando agora?" E estava tão alegre e viva, mantinha tudo tão sob controle, que era — e não estou errada — como se fosse uma porra de uma entrevista. Para qual emprego? Quem sabe.

Não me importei.

Estava com alguns copos de vinho a mais abaixo da cintura e com um anel no dedo; uma grande pedra falsa de plástico dos dias de bailes de minha mãe, que podia ser feita de *kryptonita*. Eu podia subir e deixar no travesseiro dele um beijo ou uma lichia — notei que havia algumas numa fruteira de madeira torneada. Podia demorar um pouco demais no banheiro de cima e dar uma boa investigada: paredes cor de oliva, vela cheirosa, buda de madeira bem surrada para guardar, e abençoar talvez, todos os excrementos da casa. Havia um pequeno armário de treliça embaixo da pia, onde espreitavam produtos diversos: eu podia roubar um borrifo de perfume da mulher dele, ou apenas anotar o nome para depois (mas, ai, Linho Branco?). Que palavras eu poderia escrever no espelho, que aparecessem depois no vapor do chuveiro? Em que canto eu podia dar uma cuspida? O armário era bem-encaixado, as tábuas do piso, justas, mas devia haver em algum lugar uma fenda ou abertura onde uma bruxaria minha pudesse apodrecer ou brotar:

Seán, de onde veio essa sandália? Esta aqui debaixo da cama?

Embora essa magia negra, sem dúvida, pudesse funcionar contra também.

O quarto onde eles dormiam era branco. Ou quase branco. O teto era cortado pela inclinação dos beirais e pintado em tons horrivelmente semelhantes, crucialmente diferentes da porra do branco. Quer dizer, eu não estava com a tabela de cores na mão, mas era uma casa velha, então vamos dar a Aileen o benefício da elegância aqui; chamemos de branco-osso nas tábuas do piso, as paredes branco intenso, o guarda-roupa branco francês, aquele móvel horrendo que se encontra com guirlandas e arabescos — tudo cercando frescos lençóis brancos, na espuma de um edredom todo fofo em cima da cama de um metro e meio de largura.

Eles tinham muito poucas coisas.

De certa forma, era isso que eu mais invejava. Nenhum roupão pendurado, nem sapatos debaixo da cama.

Encostei numa porta na parede e ela abriu para o resto da suíte: muitos armários embutidos, iluminação por refletores, um grande boxe de chuveiro com uma rosa chata como o fundo de um balde e, para limpeza extra, um segundo chuveiro na altura do quadril.

Quem poderia deixar isso tudo?

Voltei para o corredor e escutei.

O barulho continuava lá embaixo, indiferente a todo o silêncio de onde eu estava, no centro mesmo da casa. No quarto de hóspedes, a cama estava escura de casacos empilhados, à espera. Do outro lado do corredor, o refulgir azulado do quarto de Evie, que vibrava na penumbra, quase ultravioleta. Ele também, perfeito. Uma tela dos sonhos junto à janela, uma cama branca pequena. A porta estava aberta, não tive de espionar. Eu procurava algo identificador, de mau gosto ou piegas, como indício da própria menina; algo vagabundo ou de plástico, como os adesivos de dinossauros que minha sobrinha pusera na porta de seu quarto e que ninguém tinha coragem de remover. Mas não havia nada. Quer dizer, não havia ali nada que eu pudesse identificar. Foi só um relance.

Mas ouvi alguma coisa, ao me virar para ir embora: um ruído terrível, macio, gutural e entrecortado — definitivamente humano, embora soasse como um gato morrendo, muito quietinho, atrás da porta. Já ia recuar quando lembrei que a menina tinha ataques, e então me vi pregada ali, tentando fazer o que era certo, enquanto os pequenos miados entrecortados continuavam. Subiam e desciam. E subiam de novo. E desciam.

Ela estava cantando. Não era um ataque, era uma canção. Enfiei a cabeça pela porta e em total alívio ali estava ela, sentada no chão, com um grande par de fones de ouvido Bose na cabeça, cantando junto com a música.

Ela tirou os fones assim que me viu. Tentou até escondê-los atrás das costas.

— Tudo bem — eu disse. *Nossa, que casa.*

— Minha mãe não gosta que eu use — ela falou.

— Certo.

— Ela diz que eu fico parecendo boba.

— É mesmo? — eu disse, mantendo as coisas alegres.

— Você não faz ideia — ela disse, cúmplice, quase piegas. — *As coisas que eu tenho que aguentar.*

Eu ri.

— Você conhece a história do carro mágico? — perguntei.

— Não, qual é?

— Ele ia indo pela rua e virou uma esquina.

Ela rolou os olhos.

— Você tem quantos anos?

— Tipo... quase dez?

— Ah, bom — eu disse. — Isso passa logo.

— Está querendo o seu casaco?

— Não ainda — eu disse.

— Está no quarto da babá — ela disse, e levantou-se para mostrar mesmo assim. Felizmente havia outras pessoas chegando para pegar suas coisas: três homens, ocupando a escada inteira de corrimão a parede. Tive de esperar que passassem para conseguir descer.

Em minha ausência, a festa havia mudado de marcha. Nunca se percebe o momento quando ocorre, mas sempre ocorre: aquela fração de segundo em que a estranheza desabrocha em intimidade. É o meu momento favorito. Os que estavam bebendo tinham bebido demais, e os que iam dirigir não importavam mais. Peguei mais um vinho branco e flutuei pela sala num belo mar de ruído; terminei me chocando contra meu cunhado, que gritou para mim que tinha passado três anos com antiquados antidepressivos antes de conhecer minha irmã.

— Só para acalmar, sabe?

Eu não sabia. Meu cunhado é engenheiro. Ele é realmente rigoroso com a saúde e a segurança em seus canteiros de obras, e isso é tudo o que preciso saber de sua vida emocional, muito obrigada.

— Eu estava dependente daquilo — ele disse. — Três anos, sabe?

— Posso imaginar.

Seán passou com uma garrafa de vinho.

— Está bêbada? — ele disse baixinho.

— Não muito.

— Bom, por que não? — ele exclamou e encheu meu copo. Depois, fez a mesma coisa com Shay.

— Shay, meu amigo, ela é parente!

— Obrigado — disse Shay, erguendo sua mão inocente.

— O quê? Acha que vai levar a melhor? — disse Seán. Então, virou-se para mim, com uma piscada.

Era uma tática interessante, flertar com alguém com quem não precisava mais flertar. Eu entendia a lógica daquilo. Embora achasse também que o olhar dele estava um pouco enlouquecido.

Evie tinha descido. Eu a vi mudando o peso do corpo de uma perna para a outra na frente de um dos acadêmicos; um velho que estendeu a mão para apalpar o tecido de sua blusa entre polegar e indicador.

— Venha aqui um pouco.

Eu queria que estivéssemos todos sóbrios por ela: *Que idade você tem agora?* Ela riu e se retorceu, como se gostasse daquilo também. Horrível como era ser notada por aquela gente (eles não são nada, eu queria gritar para ela, não são nada de mais), ela sorriu e rolou os olhos para a parede, até que sua mãe surgiu para salvá-la. Aileen pôs as mãos nos ombros de Evie, deixou a menina escapar debaixo delas, e Evie desapareceu entre os adultos, deixando uma movimentação de copos erguidos ao atravessar a sala.

Enquanto isso, toda vez que eu via seu pai, ele estava flertando com alguém. Parecia inofensivo, porque Seán não era alto. O jeito como ele se inclinava ao brincar com uma mulher, ou começar uma conversa séria com o marido, o fazia parecer apenas amigável. Mas não parava nunca. Notei isso também. Seu jeito de apoiar a mão na cintura de todas as mulheres, para elas sentirem seu calor ali.

Eu não podia sentir ciúmes. Naquelas circunstâncias, seria um tanto bobo.

Além disso, a esposa dele parecia não se importar.

Eu a encontrei de novo no corredor, quando Fiona estava tentando ir para casa e fazendo uma confusão com os arranjos.

— Ah, você não vai também!

Tocou meu braço. Parecia — estou procurando a palavra certa — *gostar* de mim. Como se houvesse em mim alguma coisa que a deixasse nostálgica e esperançosa, algo que a emocionasse.

— Seán pode acompanhar você depois, de qualquer jeito. Não pode, Seán?

— Como? — Ele estava parado na sala grande, de costas para nós.

— Acompanhar a irmã de Fiona até a casa dela.

— O quê?

— Não se preocupe — eu disse. — Já falei para minha irmã aqui que eu tenho carona com o Fiachra até a cidade.

Porque Fiachra e sua Flor Gorda estavam em sua última festa — podiam até ter trazido os pijamas. Ela já havia cochilado no sofá e acordado para comer mais.

Acenei para minha irmã e o marido já fora da porta e entendi, quando eles se afastaram pelo escuro campestre, que não era sensato ficar. Vi quando chegaram ao portão; Fiona miudinha ao lado do volume do marido, estendendo a mão para pegar a dele. Então, virei-me para Aileen e disse: "Aquela manga desidratada é um crime!"

Parei ao lado de Seán e Fiachra, que velava sua esposa adormecida.

— Primeiro ano: sem sexo — Fiachra estava dizendo para o copo de vinho. — Não é isso que dizem?

— Ah, pare com isso — disse Seán. — Vocês não vão nem perceber.

Atrás de nós, a mulher dormia enquanto o bebê — não sei — sorria, ou chupava o dedo, ou escutava e entedia tudo, enquanto nas costas do sofá a lateral da mão de Seán tocou a lateral da minha. Eu podia sentir a grossa dobra de carne, na curva dos dedos. E era surpreendentemente quente, aquele pedacinho dele. Só isso. Ele não se mexeu, nem eu.

Mas, se começássemos, como poderíamos parar? Isso soa como uma pergunta simples, mas ainda não sei a resposta. Quero dizer que tínhamos começado alguma coisa que não podia ser terminada, só se acontecesse. Não podia ser detida, mas apenas encerrada. Quer dizer, a mulher com as mangas com chocolate de olho no doce de xerez, e os rapazes com o conjunto búlgaro que tinha três piscinas búlgaras completas, duas no jardim e uma na cobertura, e todo mundo com um último drinque pensando sobre mais um último drinque, eu sentada com a mão tocando o lado da mão de Seán na casa dele — estávamos todos bêbados, claro, mas eu não podia deixar as coisas como estavam, assim como o bebê de Fiachra não podia resolver ficar onde estava por mais uns dois anos. Eu não podia ignorar aquilo como não podia ignorar o cheiro do mar no fim da rua — nem voltar sem constatar que a água estava lá e que era vasta.

Nossos reflexos rolaram, tremulando no vidro ondulado das quatro janelas longas, com toda a beleza do Natal ultrapassada, e por um momento foi como se tudo já tivesse acontecido. Tínhamos amado e morrido sem deixar traço. E o que era desejado, o que o mundo inteiro desejava, era se tornar real.

No minuto em que Fiona saiu, fui para a cozinha, com um toco de cigarro na mão. Seán estava lá, abrindo uma garrafa de vinho tinto.

— O que é isso? — ele perguntou.

— Essa é a saída?

— Não ouse — ele disse.

Olhei o cigarro e disse: — Ah, pelo amor de Deus.

Fui até a pia, abri a torneira e afoguei aquela coisa, depois abri os armários debaixo da pia um depois do outro, e joguei a ponta de cigarro na lata de lixo doméstico pessoal, particular, de Seán Vallely. Depois disso, endireitei o corpo e olhei para ele.

— Nossa — eu disse —, adorei seus móveis. São de quê? Carvalho?

— Algo assim — ele respondeu.

E voltei para a confusão.

Estava chegando aquela hora em que todo mundo está à vontade e triste por ir embora, ainda que nunca vão de verdade; a hora em que se perdem bolsas e táxis não chegam. Era a hora perdida, a hora das intenções reveladas, e foi nesse momento extra, enquanto Aileen caçava na sala os sapatos perdidos de Dahlia, que eu beijei Seán e ele me beijou, no andar de cima.

A culpa foi de Fiachra. Em nenhum dos eventos em que estive com Fiachra ele foi embora voluntariamente. Bêbado ou sóbrio, ele é o tipo de sujeito que tem de ser arrastado pela vida afora. Me ofereci para ir buscar os casacos, só para pôr as coisas em movimento, e estava no meio do caminho quando ouvi Seán subindo a escada atrás de mim, dizendo: "Deixe que eu vou." Ele me seguiu pelo corredor, eu entrei no quarto da babá e me virei.

Eu esperava — não sei o que esperava — alguma espécie de colisão. Esperava luxúria. O que encontrei foi um homem que olhava para mim com pupilas tão dilatadas e negras que não dava para ver as íris. O que eu vi, quando me virei, foi Seán.

Beijei sua boca.

Eu o beijei. E, em termos de beijo, foi quase inocente; demorou um segundo a mais, talvez. Talvez dois. No começo daquele segundo extra, ouvi o gritinho de Evie ao nos ver; no final do segundo, a voz da mãe dela lá embaixo.

— Evie! O que está fazendo aí em cima? — levando a menina a olhar para trás, enquanto meus olhos rolavam, um tanto comicamente, para a porta.

Seán se afastou. Respirou fundo. Me segurou pelos quadris. Disse: "Feliz Ano-Novo!"

Eu disse: "Feliz Ano-Novo para você também!" E as mãos de Evie começaram a abanar quando ela ergueu os braços.

— Feliz Ano-Novo! — ela disse e pulou em cima do pai. — Feliz Ano-Novo, papai!

Ele se abaixou para beijá-la também; um selinho nos lábios, e ela passou os braços em torno dele, apertou forte, e forte de novo.

— Hufa! Ufa! — disse o pai.

Ela se virou para mim.

— Feliz Ano-Novo, Gina! — disse.

E inclinou o rosto para cima, para que eu a beijasse também.

Pegamos os casacos e Evie desceu na nossa frente. Pôs a mão branca e macia no corrimão e desceu cuidadosa antes de nós, uma meia escorregando no tornozelo, uma fileira corrugada em torno da perna onde o elástico deixara sua lembrança avermelhada, o cabelo um pouco despenteado, a face, como eu sabia por tê-la beijado, pegajosa de açúcar roubado. Ela havia roubado uma dose de Linho Branco, mas por debaixo da roupa vinha o cheiro cansado de um corpo que ainda não tem certeza de si mesmo. Ela parecia tão orgulhosa; como um pequeno arauto, cheio de novidades acima de sua compreensão.

A porta da frente estava aberta e Dahlia parada no batente, olhando a noite, enquanto Fiachra demorava na sala, enxugando um último copo. Quando descemos a escada, a mulher grávida ergueu os braços acima da cabeça. Ela parecia um pouco gorda, por trás; a coluna curvada sobre si mesma, bonita e sólida, enquanto a barriga escondida apontava para o céu.

Ela baixou as mãos.

— Para casa — disse e virou para mim. — Está boa, então?

Aileen empurrou Fiachra para o hall, vestiu os casacos nos futuros pais e beijou ambos. Depois, Seán os beijou. Depois, Seán me beijou no rosto, as mãos apertando simultaneamente meus ombros, de forma que não era tanto um beijo, mas uma espécie de empurrão recíproco. Depois, Aileen me deu um abraço e afastou-se para olhar para mim. Passou a mão de admiração em meu cabelo, pouco acima da orelha, e disse: "Tem de voltar logo."

E eu respondi: "Claro."

— Com Donal também.

— Conor.

— Isso — ela falou. — Boa noite. Boa noite! — E ficou observando, silhuetada pela porta com seu lindo marido e sua linda filha, enquanto entrávamos no carro e íamos embora.

— Meu Deus — disse Fiachra, escorregando no banco de passageiros à minha frente, enquanto a esposa gemia para o câmbio.

— Meu Deus do céu. Que a gente não ia mais sair, eu pensei.

Desde então pensei muito a respeito — o quanto Aileen sabia ou não. Quando tudo explodiu na nossa cara, Seán disse que ela estivera "negando". Ele disse: "Você não faz ideia (*das coisas que eu tenho de aguentar*)." Elas devem saber, essas mulheres. Devem saber, em algum nível, saber o que está acontecendo. Sei que parece uma coisa áspera de dizer, mas acho que devemos confessar o que sabemos. Devíamos saber por que fazemos as coisas que fazemos. Senão fica tudo uma confusão. Senão ficamos só nos agitando.

Quando Conor entrou pela porta no dia seguinte, em algum momento depois do meio-dia, ele olhou para mim, deitada no sofá com um saco de dormir jogado em cima do corpo, assistindo a *Os Simpsons* com o controle remoto na mão. Ele perguntou: "Onde está o carro?"

The Shoop Shoop Song (It's in His Kiss)

Depois da festa, as coisas sossegaram por algum tempo. Havia algo muito íntimo ali, que não nos convinha — ou não convinha a mim. Eu tinha flashbacks do alto da escada e, em sua brancura, eu parecia crescer e encolher ao estender a mão para abrir a porta do quarto de Seán. Voltava a mim assustada com um motorista de táxi reclamando, ou alguma reunião que chegara a uma conclusão insatisfatória, eu sentada, com as pastas espalhadas na minha frente.

— Nos vemos terça-feira.

— É. Claro.

Não era só eu. Havia uma calmaria naquele começo de ano; uma sensação de inalar. O chefe estava em Belize, imagine, olhando uma mansão. O bebê de Fiachra se recusava a chegar. O relatório de Seán não ficaria pronto até primeiro de fevereiro, mas ninguém mais parecia louco pela Polônia. Não lembro o que significava em termos de euros e centavos, me lembro disso apenas como uma atmosfera; de que modo Varsóvia, por cujas ruas eu havia passeado tão recentemente, se tornou tão estranha para mim como na época em que eu não sabia a palavra que usavam para quinta-feira e nunca achei que desejaria saber. Quem haveria de dizer que, criada como uma boa mocinha irlandesa, essa língua viesse a me dar tanto prazer? E aqueles homens poloneses, meu Deus, tão orgulhosos e sensuais ao se curvarem — alguns efetivamente faziam isso — para beijar minha mão. Por isso eu quase comprei um apartamento lá. Mas mesmo então, em janeiro de 2007, já começara a ficar um pouco como um repolho. Fora da janela, o dia se recusava a se abrir. Até o planeta estava indo com calma.

Um dia, por volta do meio do mês, atendi meu celular com um número não identificado, e Seán estava do outro lado da linha, como eu sabia que estaria; tudo o que se possa imaginar no silêncio depois que ele disse: "Oi." E também nada. Eu estava pronta — sempre estive pronta — para ir embora.

— Alô — eu disse.

— Quando posso te ver? — ele perguntou.

A dor que senti foi tão súbita e inesperada, como levar um tiro. Olhei para mim mesma inteira, como para comunicar a notícia ao meu corpo, ou para conferir se ainda estava ali.

Fomos ao Gresham outra vez. Seán, andando pelo quarto, disse: "Precisamos de um lugar. Meu Deus."

Eu o peguei por trás e colei o rosto em suas costas. Procurei suas mãos e as cruzei sobre o estômago, como para garantir a ele que a festa havia acabado, que o Natal havia acabado, que seja lá o que acontecesse — se alguma coisa realmente acontecesse — seria algo fora do tempo.

Mas ele estava bravo e preocupado, e se deitou depois, olhando o teto. Pôs as mãos sobre o rosto, deslizou para cima, sobre os olhos, que se abriram de novo assim que ele terminou.

Se eu tivesse uma imagem desse momento de nossas vidas, seria esta: o rosto de Seán desaparecendo debaixo de suas mãos, o pescoço vermelho até as clavículas e o restante do corpo estranhamente branco. Tem mais, se eu quero pensar a respeito: o tom sépia de suas partes íntimas, o preservativo murcho e amarelo, os pelos de seu peito ficando brancos. Ou posso ver suas mãos, que eu amava, de pontas quadradas e inteligentes, os olhos abaixo delas, cinzentos como o mar de janeiro.

Ele virou de lado e acariciou meu rosto. Disse: "Você é linda, sabia?"

Eu disse: "Você também não é nada mau."

Seán entregou seu relatório, e o chefe o levou para casa e não aconteceu mais nada; podia até nem ter sido escrito.

E assim foi. O inverno se recusava a virar primavera e durante um momento parecia que sabíamos o que estávamos fazendo. Nos encontrávamos sexta-feira sim, outra não, e às vezes, se ele conseguia, na sexta-feira do intervalo.

No começo, eu escolhi o que vestir com muito cuidado. Mas ficávamos vestidos tão raramente; depois de algum tempo passei a usar só coisas que não ficassem muito amassadas quando acabassem no chão.

Existe algo de indefinido quanto às camas de hotel, com o edredom chutado para longe; era como um pedestal, ou um palco acolchoado, e as formas que fazíamos ali eram mais doces e angustiadas por parecerem abstratas, quando encaixávamos as peças de nosso quebra-cabeças amoroso, de um jeito, de outro, terminando um dia, ao anoitecer, comigo encaixada como uma colher na curva do corpo dele sobre o lençol nu; os olhos dele, quando levantei a cabeça para olhar, ardendo com a impossibilidade daquilo tudo.

Quando penso naqueles quartos de hotel, penso neles depois que fomos embora, e só o ar sabia o que tínhamos feito. A porta fechada com tanta facilidade ao passarmos; a forma de nosso amor no quarto como uma música esquecida, bonita e terminada.

Depois de fazermos amor — que sempre fazíamos primeiro, por medo, quase, de ficarmos amigos —, depois, quando estava tudo seguro, Seán me falava sobre sua vida e eu me interessava, olhava para ele ao meu lado, ofuscada pelos detalhes. O canto de sua boca, por exemplo, que era o local preciso de seu charme. Era ali que acontecia; no ponto em que o lábio inferior se transformava no superior, no ângulo — eu tinha beijado ali — em que se dividiam e se encontravam. Em seu lento erguer-se, o charme de um sorriso em que não se confia, e de que se gosta justamente por isso.

Seán não falava de Evie nem de sua mulher. Ele não mencionava a casa em Enniskerry, ou a casa com vista para o mar em Ballymoney, embora gostasse de falar sobre qualquer outra coisa. Era mais que gostar. Seán adorava conversar e eu adoro conversar, e havia momentos em que nos controlávamos por nos dar tão bem. Não era do interesse de ninguém (nós dois sabíamos) ter esse tipo de bons momentos.

Ficávamos juntos até a noite e a cada vez a noite chegava mais tarde.

Quando Seán era jovem, ele me contou, tinha um cachorro setter vermelho que roubava ovos do ninho de um galinheiro próximo e tinha a boca tão delicada que voltava correndo para casa sem quebrar a casca.

Falava de Boston, onde fez seu MBA. Dois anos nos Estados Unidos fazem de você um forasteiro para o resto da vida, ele disse: voltar para casa foi tão estranho, como voltar de um longo passeio num belo dia de outono e encontrar todo mundo ainda encolhido diante da lareira.

Ele me contou de sua família: de um irmão mais velho que o incomodava sem nenhuma razão precisa — ele havia arrasado com esse irmão e isso o deixava um pouco triste. Vencer era para Seán uma ocupação solitária — embora isso não parecesse detê-lo nunca. O irmão era um professor de escola secundária que achava que Seán era um esnobe. Seán dizia que era qualquer outra coisa, menos isso — achava que esnobismo era ruim para os negócios —, mas mesmo assim seu irmão sempre dizia: *Então como vai a horrenda classe média,* e pegava emprestadas coisas que nunca devolvia; conjuntos de caixas, uma panela de cozinha de ferro fundido, um salva-vidas flutuante de uma descida de caiaque pelo Ballymoney. Além disso, o irmão, como descobri quando o conheci finalmente, tinha um metro e oitenta e seis, com um sorriso que se curvava não para um lado só, mas para o outro também; ele era Seán com esteroides e, ainda por cima, delicado. Pensei, quando ele olhou para mim com aquele jeito adorável, decepcionado, que seria um bom momento de ir para o convento mais próximo, se essas coisas ainda existissem, para tomar o véu — quer dizer, *de joelhos* —, aquele homem era tão sexy que era o ponto de mutação.

Muito bem. Segundo Seán, havia esse irmão mais velho inútil, com seus paletós de loja de departamentos e a esposa gorda. Havia também uma irmã mais nova, muito amada, que era artista plástica em Kilkenny. E o pai morto havia alguns anos e uma mãe que estava muito viva. Eu não sabia qual era o problema com a mãe, só que ficava muito claro que o ascendente errado havia morrido. Pelo jeito de ele falar, parecia que a mãe é que o havia matado; posto alguma coisa no chá do marido, ou apertado o travesseiro em seu rosto enquanto dormia; o mero fato de ela existir bastava para pôr o homem num túmulo prematuro.

E isso era interessante, porque para as meninas Moynihan — e esse era o nosso segredinho sujo — era o pai certo que tinha morrido. Eu e Fiona discordávamos de quando em quando sobre a lembrança dele — discutíamos o que ele era ou não era (violento, por exemplo; Fiona dizia "ele nunca foi *violento*"), mas não havia dúvida de que nos sentíamos mais à vontade no mundo pelo fato de nosso pai não estar mais nele. Nós o amávamos, claro, mas nós duas sabíamos que a vida era mais simples agora que ele não estava apenas "fora" ou "atrasado" ou mesmo "dando uma volta", mas definida e definitivamente morto, morto, morto. Sem volta. Sem chave raspando a fechadura tarde da noite.

Não creio que tenha falado muito sobre ele a Seán, embora ele estivesse bem interessado na vida que levávamos depois que papai morreu: as mulheres Moynihan todas vestidas de preto. Ele realmente gostava da coisa das irmãs, e queria — não sei — detalhes adolescentes; amassos na esquina, desastres com a roupa de baixo. Ele gostava da ideia de nós crescendo; eu e Fiona agitando, como ele dizia, as calças de todos os rapazes de Terenure.

Ele falava bastante da mãe. Quer dizer, era claro que eu nunca teria de conhecer essa mulher, ele podia dizer o que quisesse. Eu não teria de ouvir — como a gente ouve — histórias de ternura ou brutalidade, e depois apertar a mão de alguma velha senhora e descobrir que ela era bem comum na verdade: um pouco mais apagada do que você esperava, ou mais dura, mas surpreendentemente apagada e humana, embora nem sempre — como me lembro de outras mulheres que ouvi descritas por homens nus — inteiramente boas. De qualquer forma, ele me falou de sua mãe do mesmo jeito que Conor costumava falar, e antes dele Fergus, e antes dele Axel de Trondheim, que chamava a mãe de *Meen Moooor*, e antes dele vários outros, embora meus anos de virgem tenham sido poupados no geral. Depois do sexo é que os homens falam de suas mães; antes do sexo eles se sentem um pouco afrontados por menções a ela. Quanto a filhas; minha experiência em dormir com pais é limitada, mas desconfio que filhas só são discutidas quando está todo mundo completamente vestido. Filhas são discutidas à luz da manhã. Ou não são discutidas. Quero dizer que elas são completamente irrelevantes e completamente proibidas, ao mesmo tempo.

Não entre aí.

Ok. Tudo bem.

Mas estou me afastando do assunto Margot, a mãe de Seán, esposa do gerente de banco e pintora de fim de semana, que bebia um martíni de verdade todo dia depois das cinco, e não era uma beleza embora achasse que tinha um Rosto Interessante.

— Magra? — perguntei.

— Feito um caniço — ele disse. — Mãos como — e fez no ar o mesmo giro e contração que eu tinha visto e amado aquela vez em Montreux.

— Claro — eu disse.

A mãe de Seán precisava de espaço para crescer como artista e como ser humano, e o pai de Seán se mudava a cada poucos anos, subindo na escala do Banco da Irlanda, de forma que Seán foi despachado para o colégio interno aos doze anos — e não para uma escola chique, por sinal, mas para aquele antro de pedófilos em Wexford, onde espancavam as crianças e nem se davam ao trabalho de lhes ensinar francês.

Mas a escola era boa — ninguém o tocou, de um jeito ou de outro —, não havia nada de muito errado com a escola. A mãe e suas indefinições é que eram um problema; Margot e suas "necessidades". No dia em que ele soube o resultado de seus exames, ela resolveu que era hora de fazer faculdade também e ele passou um verão inteiro detestando a faculdade UCD onde a mãe, ele achava, instalaria sua corte num canto do bar de estudantes. Mas ela acabou escolhendo a faculdade de artes plásticas, depois mudou de ideia e resolveu estudar advocacia.

— E então?

— Então o quê? — Seán perguntou. — Ela *cagou*.

Achei que ela parecia bem interessante, de certa forma. Eu quase lamentava nunca vir a olhar em seus olhos. Ou que, se viesse a olhar em seus olhos, ela nunca soubesse quem eu era:

— Que lindas aquarelas, sra. Vallely. Não me diga que foi a senhora quem pintou?

O caso, como eu aprendia a chamar aquilo, progrediu em seu ritmo de sextas-feiras. O sexo ficou menos imundo e mais divertido, o silêncio cheio de conversa — de riso até — e isso me perturbava. Eu talvez preferisse o silêncio. Todas as coisas normais que ele me dizia me lembravam que não éramos normais. Que éramos normais apenas para os três metros e meio por quatro de um quarto de hotel. Fora, ao ar livre, evaporávamos.

Uma vez, topei com ele uma noite, em março. Eu estava com um cliente, um sujeito de plásticos de Bremen, com um sotaque *plattdeutsch* que parecia alguém andando com sapatos três números maiores que o pé. Não foi uma noite elegante. Terminamos no Buswells para uma saideira e lá estava Seán com uns homens de terno no canto, desempenhando — do jeito que homens sabem fazer isso, de alguma forma —, ganhando dinheiro só por ser ele mesmo.

Peguei o caminho mais longo para o banheiro feminino para passar perto dele, e tivemos uma conversinha engraçada, inesperada. Lá estava ele. Vestido. Polido. Perguntou sobre o trabalho. Eu respondi. Ele voltou para os homens de terno e eu fui para o banheiro, onde comecei a tremer tanto que não conseguia abrir a bolsa para pegar uma escova. Fiquei parada um momento, tentando respirar. Depois lavei as mãos e as enxuguei cuidadosamente, com uma toalhinha branca. Toquei o espelho onde estava meu rosto, apertei o vidro com força, depois voltei para o homem dos plásticos.

Eu tinha trinta e dois anos. Lembrei esse fato ao me sentar e olhar em torno. Tirando as garçonetes, eu era a pessoa mais jovem da sala.

Depois do incidente no Buswells, fiquei petulante, dura de lidar, e então jogamos esse jogo durante algum tempo; o jogo da amante. Ele comprou para mim um lenço Hermès — ora, eu não sou o tipo de mulher Hermès —, tirou de trás das costas depois que nos beijamos, como um homem em um filme dos anos cinquenta, e eu perguntei: "Guardou a nota?"

Quinze dias depois, ele fez aparecer um vidro de perfume do mesmo ponto mágico. Era um tipo de aroma leve, inofensivo, chamado Rain, e de fato cheirava um pouco como chuva, começava devagar e quente na pele (será que existe um perfume chamado Skin, eu me perguntei), depois se abria numa retroumidade de ar fresco. Eu gostei bastante, embora a nota final fosse um pouco como o aroma químico que se sente em lençóis tirados da máquina de secar, que deveriam lembrar o cheiro de lençóis pendurados no varal.

Eu o coloquei na mesinha de cabeceira, mas Seán o pegou de novo e borrifou um pouco em minha nuca antes de me despir, e o sexo em seguida foi difícil de julgar, de alguma forma; um pouco intenso e esforçado da parte dele e da minha, distraído a cada movimento pelo cheiro artificial de chuva no quarto.

— Rain — eu disse. — O que levou você a comprar isso?

— Achei que você ia gostar.

— Eu gosto — respondi.

Não sou o tipo de pessoa falsa, mas depois, no cheiro refrescante de tecidos e tristes dias chuvosos, acariciei as rugas em torno de seus olhos e perguntei, de um jeito que soou falso até para mim:

— Já fez isso antes?

Era o perfume que me enlouquecia.

— Fez o quê?

Não sou o tipo de mulher que usa Rain.

— Isso tudo. Já fez antes?

— Bom, sabe como é — ele falou.

Quando nos encontramos na semana seguinte, eu estava com minhas botas pretas de camurça com franja na costura posterior, sentei numa cadeira, cruzei as pernas e disse a ele que estava na hora de terminar. E depois que ele concordou e me seduziu, eu resisti e chorei (só um pouquinho), ele me contou da outra moça, a primeira. Era alguém do trabalho, ele disse. Alguém que ele efetivamente havia contratado, no trabalho, então vá entender, mas inacreditavelmente isso não ocorreu a ele, a não ser de um jeito "não importa" e de qualquer forma ele não era...

— O quê? — perguntei.

Ele simplesmente não era livre. Esse era o limite. Mas alguma coisa nela, aos poucos, alguma coisa nela o quebrou, o jeito dela, que tinha uma coisa com esmalte de unhas, as mãos minúsculas e as unhas feitas com aquelas cores de chiclete de bola, elas pareciam doces.

— E? — perguntei.

Bem, a moça tinha vinte e dois anos, o que, sabe, parece ótimo, mas foi a emoção que o desequilibrou, vinda de lugar nenhum. E ela com vinte e dois anos. Então ele se apaixonou — achou que se apaixonou — e havia esquecido como era nessa idade, mas ela era realmente do trabalho duro. Ela não era exatamente burra — só Deus sabe, devia andar pelo B em matemática —, mas dava uma muito boa impressão de burra, falando de si mesma o tempo todo, obcecada com as próprias coxas, atirava coisas nele se ele fazia um elogio errado a suas coxas.

E não sabia beber, então era sempre uma confusão, ela sempre resmungando sobre a mãe ou sobre o pai horrível, que por sinal era um sujeito que Seán conhecia, e brigava com motoristas de táxi e vociferava na rua, então ela o trazia na rédea, essa mulher maluca, ele não podia nem despedi-la, não podia arriscar. E, quando finalmente acabou, ele pensou: então pronto. Era a sua chance, o seu momento. Foi o seu grande romance.

Esperei a frase seguinte.

— Até que conheci você.

E fizemos amor uma segunda vez. Eu fiquei incomodada, embora não demonstrasse. Fiquei incomodada porque me senti tão sozinha, o tempo todo.

Eu passara a ligar para sua casa à noite, e isso era desastroso. Desastroso querer tanto; o som da voz dele no meio de uma longa quinzena, embora talvez não fosse exatamente sua voz que eu estava procurando. Era eu ligando para o número de Enniskerry, o telefone que eu tinha visto aninhado no console do corredor, na parede da cozinha e junto à cama do casal. Quem atendia era a vida comum da casa: Aileen com clareador espumando no lábio superior, Evie na mesa da cozinha fazendo a lição de casa, Seán aparentemente em outro lugar. Na segunda ou terceira vez, Aileen não desligou a ligação. Ficou esperando e os silêncios de sua vida encheram o fone, enquanto eu ouvia a proximidade de sua respiração e ela sentia a proximidade da minha.

Fechei os zíperes de trás das botas erguendo alta a perna, uma depois da outra, para evitar a franja. Seán sentado na beira da cama colocando as abotoaduras. Estava com uma camisa rosa, impossivelmente pálido. O paletó pendurado nas costas da cadeira. Ele não mencionou os telefonemas. Curvou-se para amarrar os sapatos pretos, simples.

Ele disse: "Você não devia nunca fazer isso com ninguém, não devia nunca se expor para alguém dessa forma, a menos que tenha muito a perder."

Voltei correndo para ele esse dia. Voltei correndo para meu marido, para seus sábios olhos castanhos que não eram de fato sábios e para seu corpo grande e quente que não tinha me preservado do frio.

No sábado à noite, abri uma garrafa de vinho e assistimos às gravações da série *A escuta*, depois bebemos outra garrafa, apesar de eu estar amortecida em seus braços com a ideia de tudo o que havia perdido: o movimento de sua mão era apenas um movimento, sua língua era uma língua de verdade. Eu havia matado aquilo; a melhor coisa que eu tinha. A culpa, quando finalmente bateu, foi assombrosa.

Dance Me to the End of Love

Em meados de abril, Seán foi palestrante convidado em algum fim de semana motivacional de golfe em Sligo e passamos dois dias juntos — não lembro que mentira inventei para embarcar no trem —, dois dias e uma noite inteira para encerrar o caso; para estrangulá-lo e espancar na cabeça, para jogá-lo na cova rasa e voltar para casa.

Seán me pegou na estação (os protetores de ouvido de pelúcia de Evie abandonados no banco de trás) e me levou a um hotel, longe dos golfistas, nos arredores da cidade.

O hotel era na verdade um asilo reformado, gigantesco e cinza. Havia duas capelas góticas em cada extremo do estacionamento, uma menor que a outra.

— Protestante e católica talvez — disse Seán. Ou equipe e pacientes. Mas eu disse que era homens de um lado e mulheres do outro. Olhamos para elas quando descemos do carro, pensando: olhares de relance através do adro. Estava tudo lá: o cilício, o delírio, o amor frustrado.

— Nossa — Seán disse. — É o hospício municipal.

Então entramos na recepção e nos vimos entre dois grupos de galinhas diferentes, um usava camisetas brancas com boás de plumas magenta, outro camisetas brancas com uma frase rosa no peito. A frase dizia: "Tia Maggie está na Fazenda."

Virei para fazer uma careta para Seán, mas ele tinha ido embora. Desaparecera. Não o vi em lugar nenhum. Ingenuamente, andei pelo saguão do hotel e voltei enquanto os grupos de galinhas circulavam em frente ao balcão. Por fim, peguei meu telefone e encontrei uma mensagem que dizia: "Registre-se. Não responda, sigo atrás."

Alguma coisa, ou alguém, o havia assustado. E então me pus na fila, única mulher que não estava de cor-de-rosa naquele lugar, e entrei em pânico por causa do cartão de crédito, que tinha meu nome e que, um dia, se transformaria numa conta de cartão de crédito, e pensei que remorso é o único oposto verdadeiro do desejo.

O quarto era impossível de encontrar. Tive de andar quilômetros de corredores, subir num elevador, descer em outro. As paredes tinham pinturas feitas para combinar com o carpete; uma série enjoativa de abstratos em creme e marrom que pareciam ter saído dos mesmos dois potes de tinta; a vingança dos pacientes. O quarto ficava na realidade na velha ala das enfermeiras: um prédio separado, moderno, ligado ao hotel principal por uma galeria, com a sensação ao longo de toda ela de ir da loucura para o jantar, e de volta. Eu não sabia se aqueles fantasmas eram mais fáceis de manipular, ao deslizarem com seus frascos de vodca nos bolsos brancos a caminho de encontros fortuitos com médicos ou enfermeiras, ou com pacientes bonitos e tristes. Um redemoinho de penas magenta dançou em cima do carpete quando passei, enquanto no final do corredor algum eco antigo me perguntou o que eu achava que estava fazendo fora dos limites àquela hora, e com aqueles saltos altos.

Quando cheguei ao quarto, Seán já estava esperando na porta.

— Como conseguiu isso? — perguntei.

— Conseguiu o quê? — Parece que era muito fácil de encontrar, vindo de fora.

Fizemos amor assim que vimos a cama e depois vagamos pelos quartos — na verdade, era uma suíte familiar com sala de estar e quitinete: madeira escura, almofadas listadas. Seán parecia diferente ali, mais doméstico, e usado.

Era o fim, eu sabia. Acho que nós dois sabíamos.

Nessa tarde, fomos até Rosses Point e nos beijamos na praia. A carne dos lábios dele miúda diante daquele grande oceano e, quando ele abriu a boca, era como mergulhar.

No caminho de volta pela estrada costeira, Seán entrou com o carro no portão de uma casa com placa de Vende-se na frente.

— Curiosidade apenas — ele disse, quando rodamos pela entrada e paramos bem em frente à vida daquelas pessoas, fossem quem fossem, com sua água-furtada dos anos oitenta e o gramado que ia até o mar.

Tinham uma cama elástica no jardim e uma garagem separada — que parecia melhor que a casa, na verdade — com espaço para dois carros.

Uma silhueta parou na janela: uma mulher, conferindo a gente.

— Você quer comprar? — perguntei.

— Se eu quero comprar? — Isso era outra coisa que me incomodava nele, o jeito de ele ficar impassível diante do que eu acabava de dizer. "Fazendo uma leitura fria", ele dizia.

— Está interessado em comprar a casa?

— Sempre, meu amor — ele disse. — Sempre.

Meu amor.

Ficamos por cinco longos minutos, talvez mais. A certo estágio, saímos do carro e caminhamos pelo espaço entre a casa e a garagem, avaliando a vista do mar. Depois ele voltou para o carro, de costas, examinando a sarjeta ao passar.

— Ok — ele disse.

E deixamos a mulher com sua cama elástica e seus balanços que não tinham a grama gasta por baixo e a sua vida junto ao mar.

Eu ficava conferindo meu telefone. Ninguém sabia onde eu estava e eu me sentia solta — quase abandonada. Passei o tempo inteiro que estava lá, fantasiando o telefonema; o que poderia vir de Conor; o do celular de minha mãe que atendi, mas só ouvi a voz de um estranho do outro lado. Na verdade, ninguém sentia a minha falta, nem me queria; o telefone continuava mudo. Era apenas a cidade de Sligo exercendo sua feitiçaria enquanto deslizávamos por suas alamedas, na planície rasa entre o morro Ben Bulben e o mar.

No lago Glencar, ele recitou Yeats para mim: "Vem, ó filho do homem, para as águas e o agreste." Depois, estacionamos abaixo da cachoeira, ele empurrou o banco para trás e havia nele alguma coisa, o jeito expansivo de estar sentado, que entendi que queria que eu fizesse alguma sacanagem, que aquilo seria um brinde, com a paisagem, a poesia e o fato de que estávamos no carro dele mesmo, um belo carro. E pensei, não pode ser verdade. Esse homem não pode estar querendo que eu chupe o pau dele, à luz do dia, num parque público. Esse homem, *seja ele quem for*.

Abri o porta-luvas e olhei os CDs.

— Guillemots! Isto é seu?

— É — ele disse.

E voltamos para o hotel depressa demais, onde não consegui seduzi-lo a caminho do chuveiro e ele não conseguiu me seduzir na saída do chuveiro. E assim continuou. Arriscamos uma refeição na cidade e detestamos. Depois voltamos e brigamos. Eu me sentei na cama e chorei. Disse: "Por que você é tão horrível comigo?"

Ele fez uma pausa. Foi até a janela e abriu a cortina para olhar o escuro, ou o próprio reflexo diante do escuro. Depois deixou cair a cortina.

— Gina — ele disse devagar, como se estivesse explicando alguma coisa que ele próprio levara algum tempo para entender. — Nós não nos conhecemos de verdade.

O que não nos impediu de agir como se nos conhecêssemos. Podíamos fazer em quatro cômodos, eu podia bater a porta de um armário na quitinete, ele podia pigarrear sentado na beira da cama para desamarrar os sapatos. Eu podia tomar um copo de vinho à mesa enquanto ele sacudia o jornal no sofá atrás de mim. Ele podia parar na janela da sala e olhar o estacionamento enquanto eu mexia nas estações com o controle remoto. Podíamos nos deslocar assim: como se tivéssemos direito sobre o outro, como se fôssemos íntimos. Mas estávamos apenas brincando com essas coisas. Eu sabia disso também. O jeito de recostarmos ou sentarmos, ou de dirigir o olhar; os gestos e arranjos que fazíamos de nós mesmos: sala, quarto, quarto, corredor. E depois, mais tarde, quando fomos para a cama, o mesmo jogo com travesseiro e edredom, virando um para o outro ou de costas um para o outro e até nossa respiração uma espécie de demonstração.

No escuro, alguma coisa cedeu.

Seán disse que seu casamento era insuportável. Não terminado, mas "insuportável".

— Você não faz ideia — ele disse.

Me lembrou a filha dele sentada no chão do quarto e dizendo exatamente aquilo. "Você não faz ideia." *As coisas que eu tenho que aguentar.*

Mas não falamos da filha dele, e quando me propus a falar de Conor, aquilo também pareceu errado.

Falamos de Aileen. Claro. Falamos da mulher dele — porque o amor roubado é isso, é importante saber de quem se está roubando.

— Você não entende — disse Seán. Mas eu entendia; a inadequação de sua mulher, fosse qual fosse, e como era inescapável. E para ser sincera, eu estava um pouco cheia da mulher dele, que de alguma forma sempre estava presente. Uma parte de mim começava a pensar que ela talvez fosse um mulher bem interessante, que não havia nada de horrível nela.

— Ela apenas. Sabe...

— Sei.

Encerramos o assunto. Brincamos de estar apaixonados ou não estar apaixonados, e mesmo o sexo, quando finalmente aconteceu, não foi grande coisa, e de manhã fizemos as malas e fomos para casa.

Na estação de trem, fiquei sentada no carro e disse a ele: "Não mais."

Ele fechou os olhos brevemente e disse: "Não mais." E não sabíamos se nos beijávamos ou não, então eu saí, ele soltou a tampa do porta-malas e deu a volta para pegar minha bagagem como um motorista de táxi. Disse: "Faça boa viagem."

E eu disse: "Obrigada."

Era um lugar na janela, fui olhando o campo, os muros de pedra de Sligo dando lugar ao pântano de Leitrim. Quando atravessamos o Shannon eu estava apaixonada por ele. Em Mullingar pensei que, se não o visse de novo logo, ia morrer com certeza.

Ev'ry Time We Say Goodbye

Três semanas depois, em cinco de maio, minha mãe teve um colapso, no meio da tarde, e foi levada de ambulância ao hospital Tallaght. Por sorte — se se pode chamar de sorte — aconteceu quando ela estava fora de casa. Estava perto de Bushy Park na hora, embora seja um mistério o que fazia lá. Joan nunca ia ao parque. Costumava dizer que era perto demais para se dar ao trabalho de ir lá e que, depois dos primeiros vinte e tantos anos, desistiu de se sentir culpada por causa do ar puro. Mas foi na frente do portão do parque que ela se apoiou no capô de um carro e depois sentou no chão. Não sabíamos se ela estava indo ou voltando, soubemos do carro por uma mulher de uma das casas em frente, que nos contou a história depois da remoção para a igreja Terenure. E fez bem de contar: era uma boa história.

— Não vi quando ela caiu — disse a mulher. — Ela estava do outro lado do carro e simplesmente afundou. Quando saí, ela estava sentada lá, com as pernas esticadas, parecia até um bebê, uma criança pequena, e o lindo casaco de pelo de camelo aberto no chão atrás dela.

Essa mulher, que parecia saber quem éramos, que parecia conhecer minha mãe e todos os seus casacos, queria me dar um celular.

Eu não quis aceitar. Não via por quê.

— Encontrei depois, quando o carro saiu.

Tínhamos toda a certeza de que era o celular de nossa mãe, embora a bateria estivesse descarregada e nem Fiona nem eu tivéssemos coragem de recarregar. Fez-nos pensar o quanto Joan sabia, ou adivinhava — a estranha viagem que fizera ao parque e, imediatamente antes de cair, a tentativa de telefonar.

Fez-nos pensar no quanto devia estar assustada; não só no momento em que se apoiou no capô de um carro estranho, mas na hora anterior, ou no dia antes disso. E se um dia inteiro — e daí? A mesma ideia na cabeça dela e na minha — meses, um ano talvez —, ela assustada e nós não percebemos, e agora ela estava além de nossa consolação.

Foi a perda do celular dela que atrasou tudo, pensei. A primeira coisa foi um telefonema da enfermeira de plantão às dez horas dessa noite, explicando que nossa mãe tinha sido levada ao hospital e talvez eu quisesse visitá-la. Quer dizer, a mulher estava morta, efetivamente morta, mas deve ser isso que dizem para os parentes nessas circunstâncias. E eu sabia e não sabia disso ao mesmo tempo.

Então talvez por isso não tenha perguntado o que acontecera ou como Joan estava. Porque sabia que aquela enfermeira, com sua voz competente de adorável moça irlandesa, não iria me contar e isso me faria sentir ódio dela.

— Claro — respondi. — Chego o mais breve possível.

E ela me disse o nome da ala.

Fiona ligou assim que desliguei o telefone.

Era um sábado e, embora eu pudesse ter tomado facilmente uns copos de vinho, estava, de fato, sóbria — devia estar fazendo regime — e me senti grata por isso. Pelo fato de saber exatamente o que estava acontecendo, de sentir cada passo que dava nos corredores fluorescentes da noite do hospital, até entrar no quarto onde ela estava toda cheia de tubos e pronta para ir embora. Fiona chegou com Shay. Ele e Conor conversaram com um médico fora do quarto. Nos trouxeram café de máquina. Passava gente de vez em quando. Ouvi o cloque-cloque de um andador distante, um horrível ataque de tosse úmida. Ficamos sentados com ela até altas horas.

Não sei se odiava ou amava minha irmã sentada no quarto a poucos metros de mim. Toda vez que olhava para ela, me parecia estranhamente separada de mim, e com a idade errada.

Ela é miúda, Fiona. Fiquei mais alta que ela aos onze anos. Não sei como engravidou com aquela pelve de criança, parecia tão errado. Ali estava ela, o joelho ao lado do rosto branco, o salto da bota encaixado na borda da cadeira. Como se deve sentar quando a mãe está morrendo; quando na verdade, a mãe já está efetivamente morta? Sentei do jeito que Joan me ensinou: ombros retos, mãos juntas no colo, as pernas cruzadas e ligeiramente em ângulo para aumentar ao máximo o comprimento da coxa. Como uma aeromoça. Foi assim que me sentei enquanto minha mãe morria.

Minha mãe foi uma grande beleza, em sua época; mais bonita que qualquer das filhas, e todos os seus ossos eram esguios, longos.

Conor nos contou que o médico deixaria ela partir assim que estivéssemos prontos. Ele disse isso sem olhar para ninguém. Disse isso depois de se inclinar na cadeira e pegar a mão de Joan, com a palma em seu rosto, e depois a pôs de volta sobre a colcha. Eu não queria que ele a tocasse, sinceramente, não queria que nada acontecesse. E não consigo me lembrar de nenhuma outra discussão a respeito, mas à uma da manhã, talvez, um médico, ou alguém, veio e tocou meu braço. Ele tinha lindos olhos compassivos. Me disse seu nome, que era Fawad. Depois desligou alguns interruptores — que não pareciam grande coisa — enquanto a enfermeira removia os tubos. Ele tocou meu braço outra vez antes de sair do quarto e fiquei contente de tê-lo conhecido. Pensei, talvez absurdamente, que ele devia ter uma grande alma.

Isso foi à uma da manhã. Joan ficou ali mais uns vinte minutos, respirando. Seu lindo rosto tinha um tom azul-escuro, os lábios roxos com um contorno preto e o queixo todo errado, como se o maxilar estivesse deslocado. Ela não estava feliz.

À uma e vinte, a enfermeira pediu para sairmos só alguns minutos. Sugeriu que fôssemos tomar um chá e fechou a porta ao passarmos. Não sei o que ela fez lá dentro. Pensei ouvir som de sucção, como aquele aparelho do dentista, mas ninguém mencionou isso na hora, nem depois, e quando voltamos a entrar, Joan parecia ela mesma outra vez, pálida — para todos os efeitos, dormindo —, a respiração em haustos e o rosto mais sábio do que eu jamais vira antes. Estava muito bonita. Seu rosto estava se transformando na ideia de um rosto. Não exatamente aquele que eu reconhecia. Não exatamente o dela. Parecia um rosto que poderia vir a ser dela, se ela um dia acordasse para reclamá-lo.

Acho que fui a última a perceber quando ela se foi.

Foi como acordar — o entendimento, quero dizer —, aconteceu devagar no início e depois, de alguma forma, tudo em retrospecto. Estávamos juntos no quarto; todos sentados naquele quarto. Eu tive um impulso de rir. Não sabíamos o que fazer ou se devíamos ficar.

Conor se levantou e saiu para o corredor. Achei que ele podia estar fugindo. Na verdade, ele estava apenas tomando providências. A enfermeira voltou e, embora não tenha pedido para sairmos, entendemos que tínhamos perdido a posse de nossa mãe e do quarto. Não éramos desejados ali. A enfermeira disse: "Sem pressa. Sem pressa."

Fui até a cama e disse, bem alto — quer dizer, disse com voz normal, de conversa: "Não vou beijar você, querida." Toquei sua mão ainda quente e me virei para sair.

Atrás de mim, Fiona disse: "Ah, as crianças! As crianças!" como se elas também tivessem morrido, apesar de que claramente não tinham morrido. E tudo voltou a ficar bem comum outra vez. Era um corredor de hospital à noite; flores no peitoril da janela, alguém tossindo, minha irmã, aqueles dois homens nos empurrando na penumbra.

— Quem está cuidando delas? — perguntei.

— Uma mulher da nossa rua, Aileen Vallely. Você conhece; senhora Issey Miyake.

E os homens nos levaram pelo corredor até o balcão das enfermeiras, onde paramos diante da mesa alta, nos perguntando se havia alguém que pudesse dizer o que devia acontecer em seguida.

II

Crying in the Chapel

Ficamos a semana inteira esperando a neve. O frio veio primeiro. O ar vibrante com ele. Mesmo dentro de casa, as salas pareciam maiores, os ângulos mais nítidos. Todo o país estava agitado. Aconteceram treze acidentes nas estradas secundárias de Leitrim, houve gelo negro em Donegal. Na terça-feira, vimos a neve isolar Londres, cobrir as Cotswolds, se acumular no parapeito da ponte para Anglesey, e derreter, como para provar seu segredo, no mar cinzento da Irlanda. Estava nevando na Grã-Bretanha; haveria neve aqui também.

Ontem de manhã, a luz estava mais macia, as paredes pareciam ter se fechado. Seán saiu da cama e abriu a cortina para o quintal, como se estivesse procurando alguma coisa, e senti então — insuportavelmente sutil — o cheiro agudo, doce, da neve chegando.

Seán disse que não sabia que neve tinha cheiro. Me deu aquele olhar de "menina maluca" quando saiu do quarto e puxou a cordinha da luz do banheiro. Ouvi quando ela balançou contra o espelho, uma, duas vezes. Depois um silêncio tão completo que ele podia ter deixado de existir. Olhei para o lugar onde ele havia parado à janela e notei o gelo florindo nas bordas da vidraça.

O quarto estava gelado.

O edredom, ao menos, é leve e grosso. É fácil escorregar minhas pernas para o calor que ele deixou, pegar seu travesseiro, virar para o lado fresco e pôr em cima do meu.

Fico ali olhando aquele quadrado de dia familiar, com sua moldura de renda nova: nosso hálito, o suor de nossos corpos, acumulados numa névoa cristalina, que durante a noite cresceu em frondes e florestas de gelo.

O quarto dá para o leste. Conheço, melhor que tudo, a luz esparsa do amanhecer, mas as árvores dessa manhã estão com um verde mais denso, as nuvens baixas e contundidas pelas cores da neve que não caiu.

Estou de volta, e não por culpa minha, à casa onde cresci. Dia cinco de fevereiro — vinte e um meses exatos desde que minha mãe se sentou no chão com o casaco estendido em torno dela. E ainda há quartos que eu mal consigo me forçar a abrir. Não que estejamos vivendo aqui. Estamos apenas arrumando as coisas. Seán, principalmente, não está morando aqui, embora faça quase um ano agora desde que ele apareceu na porta. Estamos entre coisas. Vivendo tempo roubado. Estamos apaixonados.

Ao lado, no banheiro, Seán suspira e, depois de uma pausa, começa a fazer xixi. Há outra pausa quando ele termina, ou parece terminar. Depois, um último jato pequeno; um retrojato. Me preocupa, essa sensação de dificuldade, certamente não haveria nada mais simples do que dar uma mijada? E me lembro de meu pai inclinado como uma prancha em cima da privada, a mão apoiada na parede do banheiro, a face aninhada no braço. Esperando.

— Meu Deus, que frio este lugar — diz a voz de Seán.

Ele dá descarga e aparece de volta ao quarto para pegar o roupão do gancho da porta. O roupão tem um padrão xadrez cinzento de atoalhado grosso, e um cheiro que pede para ser lavado. Quero dizer que, quando chove, fica cheirando assim. Quando está calor, tem cheiro de Seán.

Ele o veste sobre o pijama de jérsei listrado.

Mesmo quando não está para nevar, Seán dorme de pijama. É um hábito que ele adquiriu, disse, depois que Evie nasceu — não que ela esteja ali para ver, a não ser nos fins de semana. Mesmo assim, ele anda decente e o mundo, graças a Deus, permanece incorrupto por sua nudez.

Os chinelos são de couro marrom que estalam quando ele anda pelo quarto. Ele examina a bolsa de ginástica e joga a roupa suja no cesto. Volta ao banheiro para pegar a espuma de banho e uma toalha, e quando a bolsa está pronta e fechada, joga um blusão por cima. Eu fiz com que desistisse dos ternos, mas suas camisas ainda são um pouco perfeitas demais. Ele as manda lavar fora agora, com alto custo, depois da manhã em que tirou uma do guarda-roupa e com voz intrigada perguntou: "Tem alguma coisa errada com o ferro de passar?"

Então as camisas saem da gaveta da cômoda agora, o papelão acaba numa pilha por cima dela e os alfinetinhos acabam no chão.

— Vou chamar o técnico outra vez — eu digo.

— Nossa, que frio fodido — ele diz, tirando um chinelo, depois o outro, baixa a calça do pijama e, com um salto oscilante, veste a cueca.

— Nossa, nossa, nossa — ele diz, enquanto o radiador emite seu gemido intestinal e alguma coisa vibra no andar de baixo.

Não me importa que use pijama nos fins de semana. Não me importa que use pijamas toda noite da semana. Estamos apaixonados. Ele pode usar o que quiser. Mesmo assim, me pergunto se houve um tempo em que ele andava nu pelo quarto; um dia, no verão passado, eu vi sua silhueta contra a luz da janela? Porque a coisa mais boba da carne nua de Seán é a sua pureza. E embora eu tenha sentido uma luxúria poderosa por ele, na minha época, foi sempre por levá-lo ao ponto em que seu corpo fosse o mais simples possível; o mais cruel, ou o mais fácil possível. Existe nele muito pouco, eu diria, que possa assustar uma criança.

— Onde estou com a cabeça? — ele diz. — Vou estar em Budapeste.

— Hoje?

— Só à noite. Para acertar as coisas.

— Não ligo — respondi.

Ele pega a mala de rodinhas de cima do guarda-roupa, depois muda de ideia, põe uma camisa extra na bolsa de ginástica e tira de novo.

— O que estou fazendo? O que estou fazendo aqui?

— Onde vai ficar, no Gellert?

— Não consigo encarar o Gellert — ele diz.

Não sei se isso é um elogio a mim ou não. Passamos uma semana lá, em algum momento do ano passado, antes que o florim húngaro perdesse o valor. Parece que faz muito tempo agora. Dava para ver efetivamente o apartamento de Seán rio acima, uma fileira de três lindas janelas do século XIX na outra margem. Ele havia alugado o local para um sujeito que dizia ser importador de celulares — e talvez fosse. De qualquer forma, já foi embora, junto com quatro meses de aluguéis não pagos. Naquele fim de semana distante — no ano passado apenas, como eu disse: agosto de 2008, quando tudo ainda estava por acontecer —, Seán terminou a papelada, deu tapinhas nas costas do importador de celulares e fomos passar a tarde nas fontes térmicas de Gellert. Brincamos na linda piscina antiga, depois seguimos nossos caminhos separados: ele para os homens nus e eu para as mulheres nuas, sobretudo velhas, de todos os tipos e tamanhos, que gemiam ao baixarem às águas calmas, ou espadanavam em pequenas ondas, buscando consolação. Acho que não fizemos amor em Budapeste. Ganhamos dinheiro, claro, ou Seán ganhou dinheiro, mas havia muita história lá embaixo, ficar de molho nas piscinas quentes e mergulhar nas frias. Muitas coxas moles, montes púbicos carecas, barrigas amarelas, com as estrias de prata antiga. No meio disso tudo, havia duas Garotas Californianas, com água até os bicos de seus lindos seios falsos, que olhavam em torno horrorizadas; como aquilo era tudo tão errado, devia haver alguém que elas pudessem processar.

Ou achamos que Seán estava ganhando dinheiro. Ele, enfim, estava perdendo dinheiro. Mas, sabe, mesmo assim foi bom.

Acho que ele não gostou dos banhos, porém. "Parece *Midnight Express*", ele disse, referindo-se àquele filme de prisão turca dos anos setenta. Conversamos a noite inteira, ficamos até muito tarde no bar do hotel, e ele dormiu segurando o controle remoto.

— Tem um hotel Íbis perto do aeroporto.

Ele tinha agora uma terceira mala, guardada em cima do guarda-roupa, uma Bally falsificada que comprou em Xangai. A cama está coberta de bagagem.

— Não, não faça isso — eu disse. — Fique na cidade.

E ele parado ali, olhando tudo.

— Nossa, está frio.

Ele vai até o guarda-roupa e volta até a cama de mãos vazias. Então tira a roupa limpa de dentro da bolsa de ginástica e diz: "Porra, vou voltar aqui." E começa a vestir o agasalho de ginástica.

As pernas de Seán são brancas. As canelas e panturrilhas peladas pela roupa — não uma coisa que eu notasse, até que o vi um dia na frente do espelho, girando o corpo para olhar, como uma mulher que confere as costuras das meias.

— Vou fazer um pouco de exercício.

— Boa sorte.

— Volto logo.

— Vou sair também — eu digo. — Dundalk.

— Não me deixe com ciúmes.

Ele me beija, depressa, eu deitada ali na cama.

— Se conseguirmos, um de nós, com essa neve — ele diz.

E vai embora. Sem café da manhã. O raspar da porta da garagem e a bicicleta empurrada para fora. Um espaço vazio na frente de uma janela. Uma loucura no vidro, de gelo fechando. O cheiro de neve.

Eu agora estou atrasada. Fico lá deitada um segundo, depois mais um segundo, saio debaixo do edredom e entro no banheiro antes que ele tenha entrado no tráfego da rua Templeogue.

Giro a torneira do chuveiro e vou escovar os dentes enquanto a água esquenta, e acendo a luz acima do espelho.

Rrr-chink.

Aquela cordinha — com a coisinha de plástico na ponta rachada e um nó na cordinha para segurá-la no lugar — está se roendo em nós, cada vez mais alta na parede, e a fibra em si está densa com o que foi deixado por vinte, trinta anos de dedos humanos, quando nos aproximamos do espelho e a puxamos. Rrr-chink! Tão íntimo para mim aquele som, e o silêncio que vem depois quando reconhecemos a imagem que nos encontra no espelho e permitimos, um pouco relutantes, que seja a gente.

Lembra de mim?

Não.

O lugar mais limpo da casa, aquele espelho; o jeito como se recusa a reter o passado. Deixo-o para a contemplação vazia da parede oposta, entro no boxe e fecho a porta: o mesmo cano de metal esguichando água na base, o mesmo chuveiro. Água nova, porém; boa e quente.

A toalha, com um desenho de rosas cor-de-rosa e folhas verde-menta, é quase tão velha como eu, e ainda macia. Mas a maior parte das coisas de família se acabou e eu raramente uso o que restou. Dormimos no quarto velho de Fiona, o que parece um tanto estranho — mas menos estranho, de alguma forma, do que minha cama de criança, que fica ao lado da cama que era de minha mãe, e que um dia foi de meu pai também. O quarto de hóspedes é para Evie. Então fazemos amor ali naquele lugar, o resto da casa permanece inviolado. Uso apenas duas gavetas da cômoda, Seán usa as outras duas. Vivemos ao som do velho rádio de minha mãe, de nossos laptops, de nossa TV cansada. Deixamos pouquíssimos traços.

Surpreendentemente, isso é mais fácil para Seán, que prefere não ter nada a ter a coisa errada — e isso faz parte de seu esnobismo também.

— Não seja esnobe — eu digo.

— Por que não? — ele disse uma vez.

E eu respondi: — É tão envelhecedor.

Adoro Seán. Estou apaixonada por Seán. Só o castigo para mantê-lo a meu lado. As abotoaduras desapareceram, o Ray-Ban foi esquecido no porta-luvas. Ele agora vai para o trabalho de bicicleta, a *playlist* de seu iPod uma alegria de se ver. E no meio da noite eu o ajudo a chutar longe o pijama. Coloco o pé entre suas coxas e empurro a calça para baixo.

O quarto vazio me faz desejá-lo de novo. Vou até o guarda-roupa e escolho alguma coisa de que ele goste, mesmo que ele não vá me ver usando. Pego o perfume dele da mesa de cabeceira — o presente de chuva — e carrego o cesto de roupa suja ao descer.

No meio do caminho, tropeço em alguma versão de mim mesma; uma menina de quatro ou seis anos, ociosa ou brincando no lugar mais provável de fazer as pessoas tropeçarem. É ali que as crianças sentam, sei disso agora; que elas adoram portas, os lugares intermediários, o ponto mais movimentado. É ali que elas olham vago e começam a sonhar.

Ah, pelo amor de Deus.

Os sapatos de minha mãe são de uma cor elegante difícil de nomear: zibelina ou pardo. Ela leva um monte de roupas limpas. Embaixo, na cozinha, sigo sua trilha familiar e acho tudo reconfortante e triste; o tranco no corpo da torneira quando a água jorra; a faísca desnorteada da ignição esperando o gás acender.

Uhomp.

A máquina de lavar roupa é a nova que ela comprou, depois que a velha deu tanto trabalho. Sei que ela achava difícil acumular uma carga completa. Grande parte de suas roupas eram de limpeza a seco apenas; é possível que no último ano a máquina não tenha sido muito usada. Pelo menos foi o que pensei quando abri o guarda-roupa de seu quarto e senti o cheiro sutil, azedo, de roupas abandonadas.

— A velhice não tem muito cheiro — ela disse uma vez, com seu jeito malicioso. E tinha razão. Mas cheira um pouco, sim.

Levou algum tempo para abrirmos os armários e as gavetas. Shay disse que não se podia tocar em nada por duas semanas — algo a ver com o inventário, mas acho que deixamos tudo intocado por quase quatro. Um mês ao menos, para o lugar se apagar um pouco, antes de começarmos a desmantelar sua vida; dividi-la e jogar fora. E então a surpresa de descobrir que não se apagou de fato. Todas as coisas dela estavam exatamente como ela as mantinha; claras, limpas, particulares. Era muito difícil. Ela gostava de coisas escandinavas e eu as trazia de minhas viagens: um castiçal de rena com as velas nos chifres, estrelas de papel que comprei em Estocolmo, um belo prato de madeira. A casa estava desgastada, claro, o piso um pouco surrado, os móveis e acessórios *exigindo atenção*, como dizem os agentes imobiliários. Mas ela pintara os cômodos naquelas cores flutuantes do norte, entre azul e verde: Acqua, Poeira Pálida, Luz de Empréstimo. Ela mesma pintava, então nenhuma linha era reta. Eu me pergunto por que ela não chamava os pintores e aonde ia o dinheiro: mensalidades escolares, faculdade, paletós Armani. Casacos de pele e nada de roupa de baixo, assim são os Moynihan, embora, pensando bem, o negócio de melhorias domésticas só tivesse acontecido recentemente. Fiona, que durante semanas às vezes vê mais o encanador do que o marido — isso tudo é novo.

Entramos juntas, para esvaziar suas coisas. Nos encontramos na esquina e caminhamos, como fazíamos ao voltar da escola, Fiona tem, de fato, o mesmo peso que tinha no sexto ano, embora a maternidade tenha alterado seu passo e a cor do cabelo tenha clareado ao longo dos anos de um castanho-rato para um sabujo-afegão mais glamoroso.

Não sei qual era a minha aparência. Se me perguntasse minha idade, nas semanas depois que Joan morreu, eu não seria capaz de dizer. Eu parecia mudar de hora em hora, em torno de algo pesado, imutável. Me sentia antiga. Me sentia como uma criança.

Na porta, olhamos uma para a outra. Fiona cedeu a vez e eu pus a minha versão da chave na fechadura, entramos para o cheiro de nossa infância, no hall claro, limpo.

Nós não organizamos, de fato, as coisas de Joan. Como se tivéssemos combinado, fomos para nossos antigos quartos nos fundos da casa e arrumamos as nossas coisas. Eu havia trazido um rolo de sacos plásticos e enchi dois deles com brinquedos de pelúcia, livros, cintos, colares e sapatos. Só uma mãe poderia amar aquelas porcarias, pensei, imaginando o que Joan via ao olhar aquele plástico desbotado — alguma felicidade só dela, alguma infância, que não era exatamente a minha infância. Eu havia perdido isso também.

Amarrei meus sacos e os deixei no corredor, prontos para a lixeira. Fiona levou os dela para o carro.

— Você não vai guardar essas coisas todas? — perguntei. E ela disse que não, que ia levar para casa e jogar fora lá.

— Certo — falei.

Foi difícil, depois dessa primeira ocasião, encontrar um momento adequado. Entre as lições de matemática de Megan e o eczema de Jack, Fiona simplesmente não podia sair. Eu estava ocupada no trabalho, pondo as coisas em dia. Então a casa assentou, intocada, enquanto o cheiro de Joan no guarda-roupa estagnava.

Não havia ninguém para cuidar de nós. Precisávamos de alguém para nos ajudar a separar as coisas dela: o Jean Muir azul-marinho e os cardigás Agnès B; os Biba e primeiros Jaeger; todas aquelas coisas que ela comprou no famoso ano que passou em Londres, antes que meu pai a conhecesse, a cortejasse e trouxesse de volta para casa.

Não é para isso que servem os homens? Para dizer que é apenas uma saia, pelo amor de Deus, que é apenas uma blusa velha. Mas os homens deixaram aquilo para nós e, mesmo que não tivessem deixado, o fato era que nem Shay nem Conor estavam à altura do trabalho. Não eram significativos a esse ponto. Eles não conseguiriam nos defender uma da outra, quando pegamos sua estola de noite Sybil Connolly, ou o bolerinho de plumas de avestruz, e dissemos: "Não, você fica com esse", "Não, você".

Era mais que uma questão de timing, é isso que estou dizendo, embora timing seja o que pensamos agora.

Lá fora, no jardim, amarrada ao portão com arame forte, ruim, está a placa de Vende-se; gritante, quadrada, sempre nova. Foi pendurada ali dezessete meses atrás, mais ou menos. Não há o que discutir. Qualquer um pode conferir as datas. Qualquer um pode fazer as somas. É o que é — isso que eu digo. *É o que é*. Nossa mãe morreu em maio de 2007. Ficou morta o dia inteiro. Ficaria morta o resto daquela semana. E durante a semana seguinte, ela estaria morta também. Para Joan não era mais uma questão de timing.

E de qualquer forma, pensamos — estávamos acostumados a pensar — que quanto mais tempo se esperasse, melhor. Já em fevereiro, a sra. Cullen, algumas casas adiante, fez um Acordo de Venda de "quase dois". Era assim que falávamos dessas coisas nessa primavera, durante a última onda furiosa de compras antes de todas as compras cessarem, quando a palavra "milhão" era real e suja demais para ser dita em voz alta. Lá naqueles bons dias, quando minha mãe estava viva, todo mundo bebia na rua e, se você quisesse ladrilhar sua cozinha (e queríamos pouco mais que isso), tínhamos de trazer o pedreiro da Inglaterra e hospedá-lo num hotel.

Shay nos levou ao advogado, em algum momento no começo de junho. Sentamos naquele escritório na cidade e deixamos aquele estranho com suas mãos finas e limpas manipular uma pasta marcada "Miles Moynihan" e opinar, numa conversa casual, que assim que terminasse o inventário provavelmente poderíamos pedir "dois e meio".

Então pagamos o homem. Uma pilha de dinheiro. Pagamos o agente imobiliário também. Quase dois anos passados, não gosto nada dessa gente.

Mas na época fiquei quase agradecida. Se você vai desfiar sua tristeza em dinheiro — que diabo — talvez ajude que seja uma loucura de dinheiro. Saímos do escritório e descemos em silêncio a escada de granito. Fiona disse: "Lindas mãos."

— Ele estava com sapatos Alexander McQueen — falei. — Você viu? Com umas caveirinhas no couro.

— O que isso quer dizer? — ela perguntou. — O que isso *quer dizer?*

— Quer dizer que ele é um advogado pós-punk, podre de rico.

— Então tudo bem. Me sinto muito melhor.

Quando penso nisso agora, desconfio que ele sabia de alguma coisa que nós não sabíamos. Desconfio que nós todos sabíamos, que apenas não podíamos dizer aquilo, nem para nós mesmos. Falamos com um agente imobiliário em julho e mencionou-se o inventário, mas o momento era propício, ele disse, para o mercado de outono, então pusemos a casa à venda na primeira semana de setembro, fôssemos ou não donos dela. O anúncio apareceu na internet na quarta-feira, no caderno imobiliário do jornal na quinta-feira. Sentamos para esperar e sentimos que tínhamos conseguido uma coisa imensamente difícil e significativa. Não queríamos nos livrar da propriedade.

Agora queremos.

Pego a trilha de minha mãe na cozinha, nesta manhã de neve, e fico grata por isso. Certos dias, não parece mais a casa em que cresci. Não me lembro de ser dona dela, ou de metade dela. Isso é que eu devia ter dito à minha irmã quando ainda estávamos gritando uma com a outra. *Vou morar só na metade*. Embora eu não esteja morando aqui, como nós sabemos. Só estou mantendo o lugar em condições de ser visitado.

A maior parte das pequenas coisas está organizada agora, foi para o lixo ou para a caridade, para a casa de Fiona ou para o bairro de Clonskeagh. Dividimos tudo com grande ternura. *Não, você fica com isso, Não, você.* Aqueles pedacinhos de pano bobos, que ninguém mais vai usar, uma útil panela de três andares para cozinhar no vapor, algumas pinturas a óleo abstratas que gritavam "1973".

De vez em quando, topo com alguma coisa que deixamos passar. Depois que Seán se mudou (embora ele nunca tenha "mudado" de fato), encontrei uma fotografia caída no fundo de uma cômoda; uma foto grande, em preto e branco, brilhante, de nossos pais parados na frente da torre de controle do aeroporto de Dublin. Indo para onde? — Nice? Cannes? Provavelmente, indo para Lourdes, com o rosário de contas dentro da bolsa de couro — embora eles conseguissem, ela com o chapéu de crochê e ele com a capa ao vento, fazer aquilo parecer uma coisa ousada.

Outro dia — há uns dois meses — vi um saco de pano marrom em cima do guarda-roupa dela. Subi numa cadeira e peguei. Havia frascos dentro: dava para saber pelo ruído do vidro tilintando e guinchando debaixo do algodão. Quando abri a cordinha, encontrei um frasco vazio de Tweed, um perfume que eu mesma dei de presente para ela na escola primária. Havia também um frasco vazio de Givenchy III — o perfume original — e um estranho frasco, pela metade, de Je Reviens. Abri o Tweed e pus o vidro frio debaixo do nariz, tentando conjurá-la dali. Joan era antiquada nessas coisas; era a última coisa que punha, depois das joias e antes do casaco, então perfume será sempre o cheiro de minha mãe saindo; o mistério de ela se curvar para me beijar, ou endireitar o corpo de volta. Eram noites em que papai ainda estava vivo, e ele se espremia num smoking para algum evento no Burlo ou no Mansion House. Eles iam tomar drinques no Shelbourne primeiro, e dançar depois do jantar, na pista de madeira no centro do piso acarpetado, ao som de covers de Elvis e "The Tennessee Waltz".

E voltavam para casa no meio da noite, completamente bêbados.

Os sapatos formais de meu pai eram muito brilhantes e pretos. Mesmo agora, penso neles como "sapatos de beber". Uma vez, vi na rua alguém muito igual a ele. Muito bêbado, mas imaculado. O tipo de beberrão que se sustenta em pé — também honesto, franco. O tipo que gosta de dizer coisas como *knacker* [vagabundo] e *culchie* [sacaninha], que parece ter mais e mais coisas irresistíveis para dizer, mesmo quando está tão alto que perde a capacidade de falar.

Eu mesma bebi vinho demais na noite depois que ela morreu. Depois da funerária, dos telefonemas, dos arranjos, abri um Loire branco, bebi depressa e senti duas coisas. A primeira coisa que senti foi nada. A outra foi uma emoção tão falsa e formal da qual eu queria me livrar. Era uma tamanha mentira. Lá estava ele — meu pai. Não num estranho, mas em mim, quando sentei sozinha numa cadeira de espaldar reto à mesa da cozinha, me desculpando com o vinho quando espirrou para fora do copo.

Joguei fora os frascos de perfume; aqueles aromas amadeirados, elegantes, que minha mãe escolhia como complemento para o cheiro de seu cigarro e sua ocasional noite de vodca. Pode-se pensar que eu ia querer me apegar a essas últimas moléculas em movimento, mas eu não queria. Queria abrir as janelas, bater os estofados e expulsar o cheiro de morte; os tocos de cigarro que encontrei flutuando em água de chuva no cinzeiro do jardim, o amarelado dos tetos, o enjoativo glamour antigo de Je Reviens.

Seán foi ao enterro. Eu não me importei. Devia ser uma falta de tato, mas não foi. Parecia vir de algum ritmo oculto em nossas vidas; um lugar melhor. Ele atravessou o saguão da igreja e me deu um abraço. Seán parece alguém ocupado demais para se dar ao trabalho, mas aí alguma coisa acontece e ele faz tudo com perfeição. Afloram nele as maneiras campestres, talvez, ou o pai gerente de banco, que sabia onde estava a linha entre fazer alguma coisa com sinceridade e fazer bem. Seán fazia bem. O único gesto público entre nós. O único gesto ritual de toque: a mão no meu ombro, a mão no centro de minhas costas, um abraço de um braço só, o rosto em meu cabelo: "Pobrezinha", ele disse. "Pobre Gina." E não se deteve para olhar em meus olhos devastados, ou absorver a tristeza em meu rosto, mas em seguida abraçou Fiona e se afastou. Toda a sequência perfeitamente ritmada e fiel ao que havíamos nos tornado; velhos camaradas numa guerra amorosa.

Meus olhos estavam bem, por sinal. Os de minha irmã também. Não somos, nenhuma das duas, do tipo que chora. Somos do tipo óculos escuros. Somos o tipo de mulher que sai de um funeral falando sobre base de maquiagem.

— Está riscado? — perguntei a Fiona, indicando a parte de baixo do queixo. Falei e estava sendo sincera.

E Fiona, que entendeu perfeitamente, disse: — Um pouquinho. Só aqui. Você está bem.

Então minha maquiagem estava pelo menos adequada quando levaram o caixão de minha mãe para o carro fúnebre e Seán prestou seus respeitos sob o sol de maio. Olhei para as costas dele quando se afastou — pode-se dizer até que trotou

—, um baixinho agitado com um terno claro de verão, o braço erguido para um táxi assim que chegou à rua.

Então abracei outra pessoa.

Não posso falar de Conor no funeral. Ele foi ótimo. Conor *é* ótimo, qualquer um confirma. Fez tudo certo. A não ser, acho, ficar conferindo o telefone a cada cinco minutos.

— Não me diga que essa coisa está ligada — falei.

— Ahn? — ele fez. Olhou para mim e empacou, percebendo onde estava.

Ele vestia um terno preto — agora apertado demais —, seu único terno, com o qual havia se casado. A mesma igreja, o mesmo saguão, um pouco mais tarde no ano; as flores de cerejeira agora rolavam pelos degraus, ficando marrons.

How Can I be Sure

Seán telefonou, algumas semanas depois, para "saber se eu estava ok", eu disse que não estava totalmente ok e ri. Ele disse que conhecia um sujeito muito bom se quiséssemos ajuda para vender a casa.

— Se vocês *vão* vender a casa.

— Bom, sabe como é — eu disse. Não contei para ele que estava dormindo lá, ou dormindo lá alguns dias, durante a tarde. Como eu disse, era possível pensar que os cômodos podiam se apagar, mas todas as coisas dela estavam como ela gostava. E quando voltei, um dia — outro dia em que Fiona não podia ir —, me estiquei no sofá e acordei quando estava começando a escurecer.

— O que está acontecendo com você? — perguntei.

— Nada.

— Está na casinha do cachorro? — perguntei, porque era assim que ele falava de seu casamento, sempre dizia "estou na casinha de cachorro em casa".

— Não, não é isso — ele disse. Mas era alguma coisa.

Nos velhos tempos — os bons velhos tempos, quando raramente nos víamos vestidos — Seán não falava de sua filha. Ele aparecia sem avisar no final da tarde, quando estava se preparando para ir embora. Um dia, disse: "Evie quer um furão. Dá para acreditar?" Outra vez, procurando o chaveiro no bolso, ele disse: "Caiu um chumaço de cabelo de Evie, você já viu isso, do tamanho de uma moeda, assim."

Disse isso em algum momento da primavera. Sei quando foi porque me lembro de ter pensado, bem casualmente: "Culpa nossa." Foi o nosso beijo na noite de Ano-Novo que provocou isso no cabelo de Evie.

Os telefonemas que ele fez depois que Joan morreu foram diferentes. Ligava como amigo e falava sobre a filha, do jeito que se fala normalmente.

Evie estava brigando com a mãe. Evie jogou um par de sapatos embaixo das rodas de um caminhão porque queria usar salto alto. Evie estava tão avoada, sempre atrasada. Seu rendimento escolar estava indo para o lixo, ela não conseguia se concentrar dois minutos de cada vez. Tentei descobrir se minha sobrinha, Megan, tinha começado a menstruar. Perguntei:

— Ela está comendo?

— Comendo? — ele falou.

— É, comida.

— Ela come — respondeu, embora parecesse reprovar a pergunta.

— Quantos anos mesmo ela tem?

— Dez.

— É. É um pouco cedo.

Contei que pensamos que Fiona tinha anorexia aos dezesseis anos e isso o interessou muito.

— Nós a levamos ao médico. Você levou Evie ao médico?

— Mas por quê? — ele falou. — Quer dizer, vou falar o quê?

Foi uma coisa que começamos a fazer sempre que eu estava em Terenure — duas, talvez três vezes ao longo dos dois meses seguintes —, eu mandava uma mensagem e ele telefonava. Dormi no sofá outra vez e conversamos quando acordei. Na terceira vez (na verdade foi um pouco como voltar a fumar), telefonei assim que entrei e tínhamos umas conversas sonhadoras, caminhantes, em que ele me levava, através disto e daquilo, até sua filha problemática, e eu caminhava pela casa de minha mãe, tocava os objetos que ela havia deixado. E não sei se Evie era a razão ou a desculpa, no dia em que ele disse — talvez naquele dia, o dia do terceiro telefonema:

— Onde você está? Está na casa agora? Estou bem perto daí.

Que foi como acabamos fazendo amor, não no meu antigo quarto, mas no quarto ao lado. Abri a porta da rua e lá estava ele, todo olhos cinza-claros diante de um céu cinza conturbado. Eu o puxei para dentro.

— Engraçado — ele disse.

— O quê?

— Achei que seria maior.

— É bem grande — falei.

Subimos.

— Claro — ele disse. — Quero dizer que é uma casa muito desejável.

Ele olhou dentro dos quartos, conferiu a suíte, o quarto de hóspedes, o banheiro de cima.

— Dois e pouco? — perguntou.

E então me abraçou, porque eu estava tremendo. Eu o afastei na porta do quarto de meus pais e da porta que levava à minha cama de infância. Fomos para o local de menor resistência. Pelo menos, foi o que pensei. Acho que entramos na porta que deu a sensação certa.

E, claro, fomos descobertos.

Seán havia entrado em casa com papéis na mão, que deixou numa estante no hall onde fica a correspondência, e uns dias depois Fiona encontrou, entre as cartas que estavam lá, várias endereçadas a ele, os envelopes abertos, inclusive um que continha — ela não pôde deixar de notar — um cheque de quatrocentos e cinquenta euros. Ela pôs as cartas no carro e levou para a casa dele no banco da frente a seu lado. Estava quase entrando na casa dele para entregar a correspondência na porta quando se deu conta de que não podia fazer isso. Pensou em enfiar pela abertura do correio, mas achou melhor não também. Ligou para mim e disse: "Não acredito que você fez isso comigo."

— Como?

— Não acredito que você fez isso. Como vou poder olhar para a cara deles agora? Como vou poder olhar para a mulher dele?

Tudo isso de dentro do carro estacionado na entrada da casa dele; a fúria contida de minha irmã.

— Como eu vou poder olhar para ela?

— Olhar para quem? — perguntei.

E continuamos assim durante algum tempo — como um casal, gritando e mentindo.

— Não acredito que você fez isso comigo.

— Não fiz nada com você — respondi. — Não tem nada a ver com você.

Mas a questão é que tinha a ver com todo mundo. O mundo inteiro ficou zangado comigo e chocado com meu comportamento. Toda a população de Dublin se sentiu envolvida, e agudamente.

Fiachra, por exemplo, "sempre soube". Ele sabia antes de mim. "Estou apaixonada por ele", eu disse, sentada na sala dos fundos do Ron Blacks depois de muitos gins-tônicas. E Fiachra esperou um minúsculo momento, imperdoável, antes de dizer:

— Com toda a certeza.

Mas era a primeira vez que eu dizia as palavras em voz alta, e podia ter sido verdade o tempo todo, mas verdade mesmo nesse momento. Verdade como algo que você descobriu. Eu amava Seán. Ao longo de toda a gritaria que se seguiu, dos silêncios, das fofocas (uma quantidade inacreditável de fofocas), eu me apeguei a uma coisa, à ideia, ao fato, de que eu amava Seán Vallely e mantive a cabeça erguida, mesmo vermelha de vergonha. Vermelha de vergonha.

Eu amo Seán.

Era uma coisa a dizer nos longos intervalos entre coisas — porque mesmo com a sensação de que estava tudo acontecendo, durante longos momentos, nada acontecia. A não ser estar apaixonada, o que acontecia intensamente e o tempo inteiro.

Eu amo Seán: seco, como uma dor, quando ninguém telefonava: emocionante e estridente nas discussões que eu tinha com minha irmã, *eu amo Seán!* E então como um soco no estômago, o dia em que a mulher dele telefonou: "Podemos conversar?" E eu fui até lá e a vi parada lá, atrás do velho vidro da casa em Enniskerry, antes de eu engatar a marcha a ré e ir embora.

— Não ligue para ela — Seán disse. — Eu sei o que ela está fazendo, olhe. Não ligue para ela. Você não sabe como ela é.

Mas eu sentia pena dela — aquela mulher que recusava a verdade. Eu tinha de lembrar que aquilo era algo entre mim e Seán, não entre mim e Aileen. Eu podia ter gostado dela, ou odiado, em outra vida. Era apenas um incidente que ela não fosse o meu tipo.

Mas isso foi muito depois — meses depois. Durante uma semana depois daquele primeiro telefonema, "Não acredito que você fez isso comigo", Fiona não fez nada. Eu continuei como sempre e Seán continuou como sempre, e ninguém falou com mais ninguém enquanto esperávamos o machado baixar.

Eu caminhava pensando *isto vai terminar,* e *isto vai terminar* enquanto eu empilhava os pratos em Clonskeagh, ou apagava a luz de cabeceira. Beijar Conor enquanto ele dormia e me sentir idiota no momento mesmo em que me inclinava sobre ele, sobre sua cabeça imóvel como pedra, sem sonhos. Era tudo muito melodramático e bobo. Talvez o machado não fosse baixar: talvez nós pudéssemos continuar como antes. Embora eu não gostasse mais tanto de Conor; eu não gostava do cheiro de seu hálito adormecido.

Sábado de manhã, Seán recebeu um telefonema de Shay, pedindo que fosse até sua casa. Ele me telefonou depois, saindo de lá.

— O que ele disse?

— Nada de mais.

Meu cunhado tinha sido ele mesmo, sua lamentável pessoa a dar tapinhas nas costas. Levou Seán até a cozinha e empurrou as cartas para ele em cima da mesa, dizendo: "Você deve estar precisando do cheque."

— Fiona estava lá?

— Não.

Parece que Fiona tinha ido levar as crianças a algum lugar. Seán parecia um pouco abalado ao dizer isso e eu podia imaginar o jeito delicado de Shay formular a frase: Fiona enfiou as crianças no carro como se a visão do adúltero pudesse apavorá-las pelo resto da vida.

Outro silêncio fabuloso baixou. Durante uma semana, talvez mais, esperei Seán ligar, Aileen aparecer na minha porta, Conor apoiar o rosto nas mãos sobre a mesa e chorar. Nenhuma dessas coisas aconteceu. Uma noite, depois do trabalho, fui para a casa de Terenure e adormeci no sofá. No meio da noite me levantei, subi a escada, fui para a cama onde tínhamos feito amor pela última vez, e onde dormi desde então.

Acordei com um céu cheio de chuva e apanhei emprestado um guarda-chuva de minha mãe para pegar o ônibus para a cidade — o mesmo ônibus que eu pegava em adolescente —, não havia um táxi à vista. Fui para o andar superior, as janelas embaçadas de condensação, o cheiro de passageiros molhados: vidas estagnadas, sabonete matinal, diversão da noite anterior. Havia anos não subia num ônibus. E gostei. Gostei de olhar daquela altitude da infância, de ver os jardins todos refeitos, com seu calçamento e grandes semeadores; as jardineiras nas janelas ao longo da rua Rathgar e carros guardando o cascalho. Os passageiros tinham mudado também; cabelos estranhos e roupas melhores, todos conectados em alguma coisa, mandando mensagens ou escutando com seus fones de ouvido. Tínhamos atravessado o canal quando me dei conta de que nenhum deles falava inglês e gostei disso também. Tinha a sensação de que era um ônibus mágico, e não havia como saber nosso destino.

Conor ligou, esporadicamente, ao longo de todo o dia. Não atendi. Sentei com as pernas apoiadas na mesa, conferindo as páginas de empregos dos jornais. Desvalorizada, preterida: eu estava completamente cheia da Rathlin Communications. Às quatro da tarde, pararam os telefonemas.

Ele havia ligado para Fiona.

Os dias seguintes foram cheios de gritos. Muito lugar--comum. Parecia que tudo havia sido dito. Tudo mesmo, por todo mundo. A coisa toda parecia uma única frase; uma frase que se podia imaginar uivada, ciciada, rabiscada com batom no espelho do banheiro; podia estar gravada na própria cama, entalhada na porra de uma lápide. E nem uma palavra dela era importante. Nem uma única palavra idiota.

Você nunca.

Eu sempre.

O que acontece com você.

Acho que todos gostaram bem daquilo. Fiona mais que qualquer um. Meu Deus, como voaram acusações.

— Ainda bem que ela já morreu. Ainda bem que nossa mãe morreu, para não ter de ver uma coisa dessas.

E: — Você acha que ele ama você? Acha que ele sente alguma coisa por você?

— Acho — eu disse. — Acho que ele me ama, sim.

Foi só isso que eu disse. Não falei para ela ir se foder com aquele fantoche de marido, que parte para cima dela depois da sua garrafa de vinho de sexta-feira à noite, e depois vira de lado. Se ela chama isso de amor. Se perguntando se ele já gozou e quanto custaria para ter um cavalo de plantão como a mulher do fim da rua. Eu não falei nada disso para minha irmã. Que a vi se domesticando em mediocridade e maternidade; o corpo domado, depois a mente — ou a mente foi primeiro, é meio difícil de desembaraçar — e depois ela virar e dizer que Domada é Melhor, não falei o quanto isso me enfurecia além da conta.

Estávamos na sala da casa de Terenure. Era fácil gritar ali. Era como ter doze anos outra vez.

Eu disse: — Você é uma esnobe. Uma merda de uma esnobe e sempre foi. Isso é uma coisa minha, Fiona. Está entendendo? Não tem nada a ver com você.

Nossa mãe continuou morta durante tudo isso. Surpreendentemente. Estava morta durante todos os furores e silêncios. E continuava morta quando acordamos no dia seguinte e lembramos o que tinha sido dito.

Porque é claro que não tínhamos doze anos. E lamentamos tudo. Cada palavra dita. O fato de seres humanos terem aprendido a arte da fala — lamenta-se isso também.

Stop! In the Name of Love

Conor e eu passamos uma longa noite em Clonskeagh sem gritar, pelo menos no primeiro momento. Ele veio quando eu estava tirando umas roupas do armário embutido Sliderobe. Sempre odiei aquela coisa. Podia-se especificar o acabamento quando se comprava a casa. Pagavam-se trezentos mil e, com um sorriso especial, eles entregavam um cartãozinho com quadrados de madeira polida pregados. Escolhemos "bétula". Horrendo. De qualquer forma, eu estava tirando umas coisas do Sliderobe, quando ouvi Conor subindo a escada e momentos depois ele apareceu na porta. Não falamos. Ele sentou na cama e ficou olhando enquanto eu pegava um monte de roupas e arrumava na mala, com os cabides ainda nelas. Depois, ele levantou e saiu do quarto.

Quando fechei a mala e saí, encontrei-o no sofá, examinando o conteúdo de minha bolsa a tiracolo Pauric Sweeney.

— O que está fazendo?

— Você voltou a tomar pílula? — ele perguntou.

— O quê? — respondi.

— Só quero saber.

Virei as costas e voltei para o quarto. Era triste demais para discutir. Mas, depois de um pequeno silêncio, conseguimos gritar a respeito mesmo assim.

— Eu sou seu marido, porra, isso que eu sou!

Conor raramente se descontrola. E quando acontece é como um desenho animado, com músculos retesados e veias salientes. Fiquei quase com medo dele. E me lembrei de uma coisa que havia conseguido de alguma forma esquecer: do quão preciso ele era na cama; como ele conseguia, à sua maneira decidida, amigável, me destruir entre os lençóis.

— Ah, isso. Ah, isso *mesmo*.

Porque o indizível é que pouco antes de eu começar a transar com Seán — quando estava apenas pensando nisso, quando estava no limiar de —, eu e Conor fizemos muito sexo. Não com o lento abandono de nossos primeiros dias, mas o sexo intenso, exploratório, súbito, que, estritamente, não era para ser divertido; que não tinha nada a ver comigo. Se Conor tivesse conseguido me engravidar então, teria sido sem pensar (não havia nada pensado em tudo aquilo), e incidentalmente, acho que por isso é que ele sabia de Seán, lá no fundo.

A única coisa que ele nunca me contou foi que estava *surpreso*.

Pobre e aterrorizador Conor. Parado ali na luz halogênica com os punhos cerrados e a cabeça para a frente. Tentei passar por ele e descer a escada, mas ele não saiu da frente, então dei um passo para trás e dei-lhe um tapa no rosto, bem forte. Achei que ia sentir dor quando batesse nele, mas uma espécie de amortecimento se espalhou do impacto, foi como bater em borracha — não apenas seu rosto, mas minha mão, o quarto inteiro parecia amortecido. Então fui para cima dele de novo, para ver se trazia a sensação de volta.

Depois aconteceu uma coisa atrapalhada. A mala foi arrancada de minha mão e, quando olhei para baixo, fui atingida pela palma da mão de Conor em meu queixo. Não houve dor, apenas um deslocamento incômodo; meu cérebro mais rápido que meu crânio. Quando me equilibrei de novo, vi que Conor havia se afastado de mim e estava encostado à parede, esfregando a mão. Só então minha face começou a arder. O ritmo me preocupou. Meus nervos estavam lentos. Mesmo quando aconteceu a dor, eu não conseguia ter certeza se estava acontecendo comigo.

E então tive certeza.

Foi como aquele momento, muitas horas depois do pouso do avião, em que seu ouvido resolve se abrir. Olhamos um para o outro enquanto a dor se expandia e nos demos conta de que éramos seres humanos distintos.

E isso nos exauriu.

Esperei que o roteiro continuasse, que viesse a onda que me faria pegar minha mala, lançar a ele um olhar de desprezo e descer correndo a escada. Mas não veio nada. Fiquei parada ali, ergui o rosto e explodi em lágrimas tristes. Conor deu um passo à frente, puxou minha cabeça para seu ombro e eu disse: "Não me toque. Não quero que me toque", mas fiquei ali apoiada nele. Meu queixo estava começando a doer, no osso. Eu queria uma xícara de chá.

Conversamos até as quatro da manhã. Dragamos tudo. E as coisas que Conor me disse a meu respeito essa noite — "egoísta" foi só o começo — eram como uma lesma se arrastando em minha alma.

— Todo mundo é egoísta — eu disse. — Só usam outro nome para isso.

— Você acha?

— Eu sei.

— Bom, então sabe errado — ele disse. — Nem todo mundo é egoísta.

Levei-o para a cama antes do amanhecer e deitei ao seu lado, completamente vestida. Quando ele dormiu, eu me levantei, deixando minha forma no acolchoado, e saí do quarto. Levei minha bolsa, a mala de roupas e a coisa que ele mais queria — um menino, talvez, ainda não feito; um sujeitinho sólido e agitado, para montar nos ombros dele, jogar video games no fliperama e futebol no parque.

Depois voltei para Terenure e mandei uma mensagem para Seán.

"Peguei as roupas. Tudo em ordem."

Seán — que pelo menos gosta de usar uma camisinha.

Além de qualquer outra coisa, como conseguiríamos pagar? A hipoteca era de dois mil e quinhentos por mês, uma criança seria pelo menos mais mil em cima disso. Uma casa nova — porque não se pode criar filhos numa caixa de fósforos — seria centenas e centenas de milhares a mais. Então não importava o que Conor queria ou o que eu queria — quer dizer, eu gosto de crianças. Tenho um pendor reprodutivo —

mas mesmo com toda a sua conversa de felicidade traída, Conor era na verdade, no fim das contas, um sonhador.

Ele podia fazer contas o quanto quisesse, havia em nós, enquanto casal, uma coisa de dinheiro não fazer sentido para nós: era sempre uma surpresa terrível.

Não sei por quê.

Mas estou sendo dura com meu marido, que eu amava, e que agora está brigando comigo por causa de dinheiro, sem falar de sonhos frustrados. Na verdade, todo mundo está brigando comigo por causa de dinheiro: minha irmã também. Quem poderia pensar que o amor seria tão caro? Eu devia sentar e calcular quanto por beijo. O preço desta casa, mais o preço da casa em que estamos. Milhares. Cada vez que eu o toco. Centenas de milhares. Porque nós fomos longe demais. Devíamos ter nos limitado a estacionamentos e quartos de hotel (não, realmente, devíamos realmente ter nos limitado a estacionamentos e quartos de hotel). Se continuarmos, o preço vai baixar — por evento, por assim dizer. Vinte anos de amor podem ser consumados por dois pences. Depois de uma vida inteira é quase grátis.

Money (That's What I Want)

Lá fora, na neve, a placa de Vende-se parece tão nova como no dia em que foi pregada no lugar. Ninguém sabe quanto a casa vale agora. Ninguém vai comprá-la, então é isso que ela vale. Nada. Apesar do que teremos de pagar de imposto com base naqueles "dois e pouco". Por uma casa que é de provocar assobios. Não consigo distinguir dinheiro falso de dinheiro verdadeiro. Caminho por esta caixa mágica, esta armadilha, com suas janelas floridas de gelo, chorando condensação com o decorrer da manhã. Pego minha pasta no console do hall. Abro a mesma porta que venho abrindo desde que consegui alcançar o trinco. E saio para ganhar algum dinheiro.

Quando chego à estrada está tudo tranquilo: algumas chapas na Irlanda do Norte, correndo para a fronteira, tentando vencer o clima. Não é a minha estrada preferida na Irlanda — reta e plana demais —, embora eu goste do jeito épico das nuvens que parecem baixar sobre os montes Mourne, portal do Negro Norte. Quando eles se tornam visíveis, as encostas escuras estão riscadas de branco e meu telefone está pulando com avisos e sombrias previsões. A neve está acima de nós. Pronta para cair.

— Vá para um hotel — dizem do escritório. — E fique por aí!

Saí da Rathlin antes de a empresa dar com os burros na água e comecei na indústria de bebidas. Eu queria uma vida nova, mas é possível que eu pressentisse o que estava acontecendo também — que o outono com a casa de minha mãe suspensa, como um sonho, em "dois e pouco", é possível que eu sentisse que não havia nada debaixo de meus pés.

Não que eu admitisse isso, na época.

Vender a casa ainda era a resposta para tudo. Baixamos o preço de "dois e pouco" para "quase dois" e ainda assim não tinha chances de ganhar a loteria; equivalia a quinhentas e setenta e cinco mil costeletas de carneiro, mil e quinhentos anos de carneiro em seu prato, tantas camisas que nunca mais seria preciso lavar uma camisa, metade da casa de Clonskeagh e o suficiente para ter um teto sobre a cabeça, era liberdade e tempo para beijar, que também é chamado de amar.

Mas ninguém comprou.

Engraçado isso.

Nesse meio-tempo, eu comecei na indústria de bebidas. Desconfio que minha família achava os Sheilse um pouco vulgares por serem donos de bar, mas, sabe, o pai de Conor podia ser baixo o suficiente para vender a coisa, mas meu pai era baixo o suficiente para beber aquilo. Talvez, em meu estado de órfã, isolada, eu me desse conta de que lado eu estava afinal. Em bons ou maus momentos, pensei, sempre haverá Ál Co Ol.

Acontece que os maus momentos já haviam chegado e o que começou como uma nova e excitante campanha viral pela web se transformou em eu dentro de um Golf Volkswagen, pondo garotas de biquíni em bares com bandejas de vodca aromatizada. Isso é o mais avançado que se pode chegar no futuro da *world wide web*. Mas vende vodca com certeza, e existe muito pouca coisa que eu não saiba agora sobre bronzeamento artificial. Sou como aquela comissária de bordo de voz arrastada que ouvi uma vez pelo intercomunicador e depois me dei conta de que era o capitão falando, e não ela oferecendo drinques e aperitivos. "Ahan, é, nada de especial a relatar, meus amigos, estamos voando a vinte mil pés com vento de popa..." Então eu é que sou a de voz arrastada, nesse bando de louras gostosas com arrepios na pele bronzeada com Xen Tan Absolute. Eu sou toda branca e toda real, fico de roupa e ganho muitas vezes mais do que elas, apesar de ser empurrada, às vezes jogada de lado mesmo pela imprensa local, donos de bar e muitas centenas de bêbados, toda segunda sexta-feira das 17h30 às 21 horas. Alguns homens primeiro dão uma parada para olhar feio para mim, ou olham feio depois: *É, olhe só o que nós temos aqui.* Há uma certa quantidade do que se poderia chamar de raiva colateral a enxugar. E há sempre aquele sujeito — o sujeito bom, atencioso — que resolve, no meio de toda a excitação, que a mulher a pegar é aquela que está vestida. Para isso sou paga. Sou uma proxeneta. É uma vida engraçada.

Mas não estou indo a Dundalk para fazer uma promoção, estou indo a Dundalk para dispensar duas pessoas do setor de vendas, e depois uma delas será readmitida com salário mais baixo. Ainda sou relativamente nova, então sou aquela que tem de demitir as pessoas, havendo a sugestão não expressa, claro, de que a última pessoa que vou demitir serei eu mesma.

O escritório consiste em duas salas ligadas a um armazém próximo à M1: paredes cinzentas, teto cinza, carpete azul, corrimãos vermelhos, cubos amarelos para apoiar o copo de café. Difícil pensar que pessoas trabalhem ali. Nenhuma voz jamais se eleva. Nada parece usado.

Eu me instalo na salinha de reuniões e chamo as meninas, uma a uma. Deixo tudo muito claro, porque esse é o jeito como gosto de trabalhar, mas não posso evitar de ser tocada pelo olhar delas. Não estou dizendo que gosto, mas passa-se o tempo fingindo não ser o chefe de verdade, que somos todos amigos e elas, mesmo assim, reclamam de você como loucas. Agora o fingimento acabou. Com benefícios e horas extras elas não vão se dar tão mal, mas ainda dá para sentir, fio a fio, os primeiros rompimentos da corda partindo: Sinéad, com quatrocentos e vinte pontos em seu Certificado de Conclusão do ensino médio e os dentes todos corrigidos pelo plano de saúde. Alice, que tinha coração de hippie e só queria economizar para viajar ao Peru. Eu falei que ia brigar pelo melhor pacote. Disse a elas que o departamento de recursos humanos entraria em contato. Depois me levantei e estendi a mão. Depois um abraço, porque afinal éramos todas amigas realmente. E elas foram embora. Fiz algumas xerox, olhei para dentro da sala do gerente de distribuição — ele já estava indo para casa — e fui até o andar do depósito. Me abaixei sob galões de bebida erguida num brinde por uma empilhadeira abandonada — lá estava aquilo tudo: bebidas numa alta pilha, muralhas de bebida, bebida em movimento.

Dei a volta no trevo e, depois de oito quilômetros de estrada, o carro foi engolido pela tempestade macia que chegava; um sonho de luzes traseiras vermelhas, numa confusão branca de neve suja. Estava tudo tão quieto, e os outros motoristas tão gentis; eu deveria me preocupar, mas havia algo reconfortante e adorável nesse lento perigo. Não sei quanto tempo durou. Quando passei pelo aeroporto, o ar estava claro. Seán estava lá, em algum lugar, numa confusão de cancelamentos. Os passageiros estavam correndo de portão para portão, "como um rebanho de bois", ele disse. Eu me debrucei sobre o volante e olhei para o alto, mas o céu que vi pelo para-brisa já estava escuro e sem aviões.

Eram quatro e meia.

Segundo o rádio, o país inteiro tinha saído cedo do trabalho e estava indo para casa. Achei que Dublin ia estar uma loucura, mas o túnel do porto estava tão vazio e aberto que parecia o futuro, e os cais, quando emergi no escuro do centro da cidade, estavam desertos. Imaginei o tráfego se espalhando como um retrochoque, inundando numa borda suja os sopés das montanhas de Dublin, onde a neve pura começou.

As escolas tinham fechado cedo. Pensei em Evie, se a mãe teria ido pegá-la, ou como teria se ajeitado. Ia chamar seu número, mas não chamei. Nunca liguei de fato para Evie, embora gostemos muito de conversar quando, por algum acaso, acabamos ao telefone.

De volta a Terenure, a casa estava escura, vazia, fria. Liguei o aquecimento, conferi meus e-mails, mas achei difícil me concentrar. Estava esperando Seán voltar, mas ele não tinha nem partido ainda. Isso me deixou estranhamente zangada, a ideia de ele sentado no bar de frutos do mar, com um prato de salmão defumado e um copo de vinho branco. Nem aqui, nem lá. Um homem não desacostumado ao salão de embarque.

Seán levou sete meses para deixar Enniskerry. Durante sete meses, depois que deixei Conor, ele se levantava da minha cama, entrava no carro e ia para casa, para estar lá de manhã e fazer o mingau de aveia da filha (com canela) e dar um beijo de despedida na mãe.

Só um selinho, claro.

Sete meses, eu não podia telefonar, nem mandar mensagem, nem e-mails, porque era mais importante que nunca manter segredo agora; nosso amor mais urgente e terno nesses últimos dias antes de ele estar livre.

Mas ele não ficou livre. Depois do Natal, ele disse. Não podia agir antes do Natal. Estavam comprando o primeiro laptop de Evie; um pequeno netbook. Ele queria um para ele, se tivesse dinheiro para isso, disse. E riu.

Esse Natal — não posso nem pensar nesse Natal. Quem inventou o Natal devia ser executado.

E quando ele finalmente apareceu na minha porta às duas da manhã, depois de sabe-se lá qual tempestade; quando ele finalmente se libertou dela naquela primavera e veio para mim, não veio para morar, mas só para escapar. Ele ainda passa uma ou outra noite fora — acredito que em Enniskerry. Eu não pergunto. Na Irlanda, se você deixa uma casa e há um divórcio, você perde a casa, ele diz. Você tem de dormir lá para manter seu direito. O que era totalmente novo para mim, mas sabe-se lá. Você pensa que é sobre sexo, depois lembra que é o dinheiro.

Então, cá estamos, algumas noites: eu dormindo na cama de minha irmã em Terenure. Seán dormindo no quarto da babá em Enniskerry, onde nos beijamos, ou talvez mesmo em seu velho quarto, ao lado do corpo ofendido da esposa. Seán dormindo em algum lugar, entre a carne envelhecida da esposa e a carne em crescimento da filha. Quem sabe onde está dormindo, em seus sonhos?

— Nunca me lembro de meus sonhos — ele diz.

Não é só a neve que me faz pensar nessas coisas. Embora seja também, talvez, a neve. É a voz de Seán no telefone, finalmente pousou em Budapeste, soando como ele mesmo e tão distante.

— A porra da Ryanair — ele diz.

— Bom, sei.

— Ficamos parados na pista uma hora e meia, olhei pela janela e havia um homem com uma pá em cima da asa. Estava tirando o gelo com uma pá mesmo, e tinha uma espécie de corda com dois homens pendurados, pulando para cima e para baixo. Serrando com a corda por cima da asa, para cima e para baixo. O que já era bem ruim. Quero dizer, ficar lá sentado olhando era bem ruim. Mas depois decolamos.

— Nossa. Tinha luz?

— Como assim, luz?

— Não sei. Farol de neve. Alguma coisa.

Preciso vê-lo a salvo no avião. Preciso olhar pela janelinha, com luzes azuis e luzes brancas piscando no escuro, como num cenário de filme dos anos cinquenta; a neve girando no ar. E como se adivinhasse meu problema, Seán diz:

— O homem não estava mais em cima da asa. Pode acreditar, eu conferi.

— Como está Budapeste? Está nevando aí?

— Não — ele diz. — Escute, Gina.

Sei que quando diz meu nome está querendo falar de Evie. Ou não falar de Evie, mas me contar algum arranjo com Evie que eu não terei o poder de alterar.

— O quê?

— Temos de passar tudo mais para a frente. Não sei se consigo voltar amanhã à tarde.

— Quando pode voltar?

— Não sei. Sábado com certeza. Se não nevar.

— Me conte quando souber, tá bom?

— Claro.

— Como está Budapeste?

— É aqui que eu estou?

Ele soa cansado. Dá para ouvir o noticiário na televisão do hotel.

— Tome um bom banho de banheira — eu digo.

— Banho não.

— Não?

— Não em banheira de hotel. Não sei quem esteve lá antes de mim.

Leva um tempo para eu escutar isso, ou entender isso. Estou ouvindo o espaço que ele ocupa, ouvindo sua respiração, o timbre de sua voz, que para mim é a mesma coisa que a textura de sua pele. Tem o mesmo efeito. Ou melhor. Fico mais próxima ouvindo a voz dele do que tocando sua pele.

— É só dar uma esfregada — digo.

Eu podia viver no telefone.

Evie, afinal, tem... Eu de fato apago esse trecho de conversa. Seán diz: "Sábado de manhã, Evie tem...", e meu cérebro faz "tut tut, ah é essa hora, que beleza" e olho o jardim lá fora, além dele os sinais de trânsito com sua linda luz, mudando sem nenhum sentido de vermelho para verde sobre a extensão serena de neve marcada por pneus. Então, Evie tem, não sei; aula de equitação, um encontro para brincar, teatro, ou ortodontista, o que quer dizer que — tut tut — Seán terá de pegá-la na sexta-feira no centro da cidade, ou em Enniskerry, ou na porta da escola, se houver aula, só que não vai ser Seán porque ele não está aqui, e eu digo "Tudo bem, sem problema" e me dou conta depois de desligar o telefone que Seán está dizendo uma coisa nova ali. Está dizendo que, devido às circunstâncias que liberaram um bando inteiro de pardais na minha cabeça, talvez eu tenha de pegar Evie amanhã. Eu própria terei de fazer isso, enquanto Seán, é de se presumir, voa para casa.

Ótimo.

Aileen, claro, não pode ser incomodada com isso. Aileen não pode ser mais humilhada ainda. Jamais seria possível Aileen tocar a campainha da minha casa, ou me encontrar na rua para entregar a filha para mim. A filha dela. Para mim. Isso não seria possível. Seria como morrer. E ninguém quer que Aileen morra desse jeito específico.

Nunca vou me livrar dessa mulher.

Nos primeiros meses juntos em Terenure, tudo lembrava a Seán o quanto ele detestava Aileen. Principalmente eu. Tudo que eu fazia o lembrava de sua mulher.

Uma manhã, eu disse que ele ia pegar um resfriado. Isso foi nos primeiros dias, depois que ele comprou a bicicleta, mas antes de ele mudar o jeito de se vestir, então saía só de camisa, o paletó dobrado no guidão.

— Cuidado para não se resfriar — eu disse, olhando da porta da frente, e ele ficou imóvel um momento antes de subir na bicicleta e ir embora.

Nessa noite, brigamos por qualquer bobagem — nossa primeira briga doméstica — e no fim, quando a discussão terminou, era porque eu o tinha feito lembrar de sua mulher. Porque toda vez que Seán pegava um avião, não importava em que estação, outono ou primavera — ele nunca lembrava para que lado ia —, não importava se ia para um país mais quente ou mais frio, Aileen sempre dizia: "Vai pegar um resfriado, sabe" e sempre, sempre, acertava. E Seán odiava isso. Era como se ela fosse dona de todo o sistema imunológico dele. E de qualquer forma, o que ele podia fazer, ficar em casa?

Havia uma intensidade excessiva no jeito de ele falar dela; fechando a tampa de um caixão sem nada dentro. Ou, o que havia dentro? Uma piada. Alguma esposa zumbi que ainda se mexia durante a noite. Passei dias tentando adivinhar o que Aileen diria, para eu dizer alguma coisa diferente — e aprendi depressinha a não falar de doença de jeito nenhum. Nem de fraquezas. Aprendi a não deixar que ele se sentisse fraco de jeito nenhum.

Não sei o que ela fazia para ele, mas com certeza fazia muito bem.

Era uma coisa delicada, ser a Não Esposa. Na manhã seguinte, ele olhou a camisa limpa que tinha tirado do guarda-roupa e perguntou: "Tem alguma coisa errada com o ferro de passar?" Nós dois ficamos ali parados. Não que Aileen passasse as camisas de Seán. Aileen tinha uma moça polonesa que ia passar as camisas de Seán a doze euros por hora. Mas Seán ia viver como um homem mais jovem, ia ter de mudar.

E mudou.

Uma segunda intimidade pode ser muito terna. São tantos erros que você não precisa cometer. Eu não conseguia acreditar que ele estava ao meu lado quando eu dormia. Não conseguia acreditar que estava ao meu lado quando eu acordava. Íamos ao supermercado; pegávamos caixas de tabletes de sabão de roupa como Bonnie e Clyde.

— Que tal este? Você acha?

Nossos sapatos deixavam pegadas de sangue por todo o corredor.

Fazíamos as coisas que casais chatos fazem: Seán preparava o jantar às vezes e eu acendia as velas. Íamos ao cinema e fomos para aquele fim de semana em Budapeste. Até saíamos para caminhar — pelo mundo, lado a lado. Seán segurando minha mão. Ele tinha orgulho de mim. Se interessava por minhas roupas, me dizia o que vestir. Queria que eu ficasse bonita. Queria que eu fosse bonita para os garçons e outros estranhos, porque ainda não encontrávamos os amigos dele. O que para mim estava ótimo, eu não aguentaria a pressão.

Uma noite, estávamos no Fallon & Byrne e uma mulher parou junto à nossa mesa.

— Meu Deus — ela falou. — Olhe só quem é.

Eu não a reconheci.

— Isso mesmo — disse Seán.

— Então, olhe só você.

Ela estava bêbada. E era de meia-idade. Era a mulher da Global Tax, aquela que estava lá na conferência em Montreux. Ela conversou um minuto e voltou para sua mesa, com um aceno irônico antes de voltar a sentar com seus amigos.

— Não ligue para ela — disse Seán.

— Não ligo. — Voltei a jantar. Disse: — Só que ela parece tão velha.

Seán olhou para mim, como de uma distância nova e solitária.

— Nem sempre foi assim — ele disse.

— Quando foi, afinal?

— Foi... há muito tempo.

Depois, como para me lembrar que isso acontece com todos nós, ele disse: — Na verdade, ela estava com a mesma idade que você tem agora.

E puxou meu lábio com os dentes quando me beijou.

Não é de admirar que ela gritasse e espernaesse, a esposa zumbi. Pensei — em flashes apenas — que eu estava de fato me transformando nela.

Ele disse que eu tinha de confiar nele. Nossa segunda briga, essa, quando fiquei esperando ele voltar para casa e ele só voltou tarde — eu tinha de confiar nele porque havia desistido de tudo por minha causa. Porque Aileen duvidara de cada palavra que saía de sua boca. Ele não podia viver com isso outra vez. Havia momentos em que ele pensava que ela precisava ter ciúme: que ciúme era parte da máquina sexual dela.

Acredite, pensei sobre isso um bom tempo.

Entretanto, nunca comíamos chutney de tomate e o queijo que eu comprava era simplesmente bizarro.

— Venha para a cama.

— Daqui a um minuto.

— Venha para a cama.

— Eu disse "daqui a um minuto".

— Faz um minuto que você disse isso.

Seán me disse que eu tinha salvado sua vida.

— Você salvou minha vida — ele disse. E cada coisinha a meu respeito está errada. Eu como demais, dou risada do jeito errado. Não tenho permissão de pedir lagosta num menu; a minha imagem chupando a carne, disse ele, ficaria presente durante muito tempo. Ele me segura pelos quadris, e aperta, vendo se há gordura. Se não fosse eu, ele diz, *se não fosse você* e me beija, do lado do pescoço, levantando meu cabelo.

Salvei a vida dele.

Minha mãe ainda está morta.

A neve não acusa, não particularmente. Mas estou sozinha e não sei por quanto tempo. Não há nada na internet. A TV matraqueia. Despedi duas pessoas hoje, em Dundalk. Quer dizer, tive de deixar que fossem embora. Sento diante do meu laptop com o telefone na mão e me pergunto como diabos vim parar aqui. E onde foi que tudo deu errado. Se é que deu errado. O que não é fato, claro. Nada, como estou cansada de dizer, deu errado.

O que foi a última coisa que ele disse de Budapeste?

— Boa noite, minha linda.

— Boa noite.

— Boa noite, meu amor — os dois sussurrando pela linha.

— Tchau tchau.

A conversa escapando pela ponta dos dedos.

— Tchau.

E desligamos.

Save the Last Dance for Me

Naqueles primeiros meses em Terenure, Seán não falou de Evie, nem mencionou muito seu nome, e eu fui tão idiota que não me dei conta de que ele não conseguia dizer o nome dela.

Ninguém veio visitar. Isso era estranho, porque aquela casa sempre foi aberta — minha mãe costumava reclamar disso, como as pessoas apareciam sem avisar. Mas ninguém apareceu para ver os fornicadores, os pombinhos e destruidores de lares no número 4. O telefone ficou mudo: nós nem pedimos para instalar uma linha.

Eu disse a Fiachra: "Nós somos párias", e, como se quisesse provar que eu estava errada, ele apareceu um sábado de manhã com um saco de croissants e um carrinho de bebê do tamanho de um automóvel pequeno.

Precisou de nós três para fazê-lo passar na varanda e estacionar no hall. No meio dessa operação, Fiachra, que é um sujeito magro, curvou-se sobre a filha e soltou as correias. Ele a levantou e a entregou para Seán, que sem o menor sinal de surpresa a pôs montada no quadril, usando a mão livre para manipular a coisa mais perto da parede. A criança começou a estender os braços para o pai assim que Seán começou a devolvê-la para ele, e isso tudo foi feito com muita habilidade. Mas Seán acompanhou-a com o rosto e, no último momento, roçou o nariz em seu cabelo louro e fino.

Depois acompanhou a cabeça dela mais um pouco. E inalou.

Não era uma coisa natural. Eles podiam até estar se beijando, meu amante e seu amigo, os dois ligados àquela vasta construção de movimentos, grandes olhos azuis e saliva.

Mas Seán não estava olhando nos olhos dela. Estava cheirando sua cabeça. Seus próprios olhos fechados.

Fiachra disse: "Cuidado, ela não gosta de sabonete", e Seán deu um pequeno gemido, concordando.

— Quem é a menina linda? — ele disse, afastando-se para olhar para ela. Sacudiu o pé dela, pendurado da curva do braço de Fiachra. — Quem é a menina linda?

Não estou dizendo que fosse sexual, estou dizendo que foi um momento de grande intimidade física e que ocorreu no hall de minha mãe, enquanto eu segurava um saco de croissants quentes e perguntava:

— Café?

— Ótimo.

— Aceito, obrigado.

Mas ninguém se mexeu.

Depois desse primeiro agrado, Seán pareceu ignorar a criança, que, devo confessar, era um encanto. Ela sentou no colo do pai e comeu seu croissant com grande atenção quase reverente, enquanto Fiachra contava histórias sobre sua nova vida de pai que fica em casa. Ele estava na fila do seguro-desemprego da rua Cumberland junto com os junkies, contou, a filha de olhos arregalados observando de seu carrinho Hummer, quando o cara na frente dele tira uma faquinha plástica branca de jornaleiro e sacode no ar, gritando: "Vou me cortar, porra, vou me cortar!" O guarda veste luvas de látex enquanto atravessa a sala, calmo e grande.

— Deus do céu.

Seán encostou no balcão e riu. Avançou para pôr a cafeteira mais para dentro do fogão. Foi até a lata de lixo e ajeitou o saco plástico no lugar. Foi até o hall, como se houvesse alguém na porta, e voltou. Depois de algum tempo, percebi que ele não estava tanto ignorando a criança, mas circulando em torno dela. Ele se aproximava e a evitava, o tempo todo. Era como um documentário de David Attenborough, comentei com ele depois, um daqueles gorilas de costas prateadas talvez, que esqueceu de onde vêm os gorilas bebês, aí aparece uma mamãe gorila e ele não sabe o que fazer. Afaga? Devora? Pega e joga no mato?

— Já terminou? — ele disse.

— Talvez — respondi.

— Bom — ele disse. Depois saiu da cozinha e não voltou durante três dias.

Foi muita bobagem minha. Não era por Aileen — aquela angústia com a qual eu tinha de conviver, evitar e cuidar constantemente. Era por Evie.

— Falhei com ela — ele disse.

Ficou parado junto ao balcão, com a janela atrás, o mesmo lugar e silhueta de quando assistiu à filha de Fiachra se lambuzar de geleia de abricó. Era julho, e ainda não havia nada programado, nem mesmo férias. Seán esfregou o rosto com a mão, depois o cabelo na nuca. A boca e o queixo distorcidos, os olhos fechados com força. Produziu uma espécie de ganido com a garganta, e lágrimas brotaram entre suas pálpebras, redondas e límpidas.

Ele chorou. E aquilo era, muito claramente, algo em que ele tinha muito pouca prática. Seán, o sedutor, não conseguia chorar de um jeito sedutor. Chorava como um mutante, todo retorcido e voltado para dentro.

Não durou muito. Preparei para ele um Bloody Mary e ele sentou à mesa para beber. Não queria ser abraçado, nem tocado — e eu não tentei. Como tinha podido fazer uma coisa dessa, disse. Falhar com uma criança, estava além da sua compreensão. Não era possível falhar com uma criança. Mas ele havia feito isso. Tinha feito o que era impossível de fazer.

Depois, eu o abracei, no escuro, e disse a ele que a coisa toda é falhada. Que falhar faz parte.

No final de agosto, Seán me levou com ele para Budapeste para compensar o meu verão estragado por amar um homem casado. Caminhamos ao longo do Danúbio, conversamos sobre o que ele ia fazer e ele começou a me falar de Evie.

Quando tinha quatro anos, ele contou, Evie caiu de um balanço no quintal de Enniskerry e acharam que ela estava com concussão cerebral. A moça que trabalhava como babá nem viu acontecer, só olhou e a menina tinha desaparecido, o balanço ainda oscilando. Aileen chegou em casa e encontrou Evie num sono impossível de despertar às seis e meia da tarde. Havia um fio de sangue seco saindo da boca da menina — não muito —, onde tinha mordido a bochecha, e estava com a calça suja.

— Eu troco a roupa dela — a moça disse. E ela deu de ombros, como se tivesse de viver entre selvagens.

Quando Seán chegou algum tempo depois, encontrou a mulher tremendo numa poltrona, Evie assistindo a *Teletubbies* com um ar doentio e compenetrado no rosto e a babá no andar de cima, falando a mil por hora no telefone fixo — provavelmente com os pais — em espanhol. Aileen havia, de fato, esbofeteado a moça, mas Seán não saberia disso ainda: foi uma coisa que descobriria mais tarde, quando começaram as discussões. E embora o quarto de cima fosse sempre chamado de quarto da babá, apesar de não ter havido mais nenhuma babá depois disso, e desde então — desse momento em diante — sua vida ser apenas.

— O quê?

— Inesperada — ele disse.

Viramos do muro do rio, onde ele observava a água, e continuamos caminhando.

Sem contar alguns ciclistas rápidos, o cais estava sossegado. Atravessamos uma ponte de ferro guardada por quatro belos pássaros de ferro. Eu disse:

— Leve Evie a Terenure.

— Não posso — ele disse.

— Por que não?

— Simplesmente não posso.

— Alguma sexta-feira, quando eu não estiver em casa. Experimente. Só faça ela entrar na casa.

Quando voltamos para Terenure, ele olhou em torno, avaliando. Depois foi à loja cor-de-rosa e comprou um edredom cor-de-rosa e um travesseiro cor-de-rosa. Comprou também um dossel de princesa combinando, para pôr em cima da cama.

— Não podia deixar passar — ele disse.

Eu falei: "Quantos anos mesmo ela tem?"

Então ele voltou à cidade e trocou os lençóis rosa por outros com desenho de frutas cortadas em amarelo-ácido e verde-limão. Comprou uma camisola verde-limão com debrum roxo, e pantufas imensas com carinhas de cachorro na ponta.

Comprou uma base de iPod em forma de porco de plástico e uma comodazinha de gavetas para pô-la em cima. Comprou um aquário com um peixinho dourado dentro de um saco plástico transparente.

Perguntei:

— Quem vai alimentar o peixe?

— Eu — ele respondeu.

Ele entregou o volume para mim um momento e eu o segurei contra a luz. Um peixe cor de laranja, nadando e parando em sua clara bolha de água.

Felicidade num saco.

Seán o alimentou pelo menos um mês, a cada dois dias, fielmente, então uma noite recebi uma mensagem: "cuide do peixe!!!!!!!!!!!!!!!"

Então eu o alimento agora e ainda está vivo. Um peixe chamado Scratch [Raspa]. Eu o escuto quando a casa está quieta — escuto de fato —, boca para baixo, pegando pedras, escolhendo no cascalho. Na primeira vez que ficou para dormir, Evie disse que o barulho do peixe a manteve acordada a noite inteira, que era o peixe mais barulhento do planeta.

Até Scratch está quieto esta noite. Começou a nevar de novo e os sulcos dos pneus na rua estão amaciando corcovas e montes brancos. Os sinais continuam funcionando. Lá em cima, no fim do corredor, o quarto de Evie é um altar acolchoado de verde-limão e amarelo-ácido, com sementes nos sorrisos de melancia vermelho-sangue. As roupas dela, na pequena cômoda de gavetas brancas, tendem mais para preto com o passar dos meses, com rasgos nos lugares certos, caveiras e golas com babados de tule. O pai deixa que vista o que gosta. Ele falou de um carpete para as camisetas de lantejoulas ficarem bonitas jogadas quando ela está fora. Como se ele tivesse esquecido onde está.

— Carpete *novo*? — perguntei.

— Talvez um tapete.

Então eu passo aspirador no tapete.

Não paguei o tapete.

Quase paguei, veja bem — aquela mulher está tirando tudo dele.

O tapete tem grandes quadrados coloridos. É lindo. E não estou reclamando. Quando se trata de trabalho doméstico, Seán é do tipo organizado. Você não o vê fazendo, mas, quando termina, o lugar está mais claro, mais arrumado. Os tabletes de lavar roupa dele podem até brilhar no escuro, mas deixam minhas roupas com cheiro de sol.

Ele agora está dormindo, esteja onde estiver. Sonhando com números, cálculos, apresentações: está sonhando com quartos. Há mulheres nesses quartos, mas não pergunte a ele, ao acordar, que mulheres são essas.

— Nunca sonho com gente que eu conheço. Raramente — ele diz.

Fecho a tampa do laptop e escuto. Há um som na casa — um som como o do peixe, mas não é o peixe. Algo miúdo.

Passo pelas salas de baixo, mas o som parece se deslocar quando tento acompanhá-lo. Ergo as almofadas do sofá, escuto junto à lareira. Saio e subo a escada, mas paro antes de chegar ao corredor. Está em algum ponto entre o alto e o pé da escada. Subo, depois desço. Viro e reviro. Paro e escuto.

Por fim, apressada, pego a bolsa de ginástica de Seán do armário debaixo da escada. Suas roupas estão lavando, mas os tênis estão ali, uma bolsa de toalete e uma lata de talco solta. Puxo uns fios verdes-néon até o fone de ouvido do iPod aparecer. É um daqueles fones para corrida, com uma haste rígida que se apoia na nuca; do tipo que faz a gente parecer idiota, mesmo quando se está realmente correndo. Levo um momento para liberar a coisa. A música parece muito pequena e frenética, trancada ali dentro. Ponho um dos fones no ouvido, a haste torcida contra meu rosto, e ouço quando se abre toda uma catedral de som.

— Escute isto — ele disse uma noite. — Escute isto! — e colocou o iPod no porco-plástico que era a base de alto-falante de Evie; alguma diva sorridente na tela e uma voz cantando alguma coisa que — superados o balanço e a pose — ninguém precisaria entender.

Ali está ela de novo, pendurada na ponta do fio luminoso. As *Últimas Quatro Canções* com Elizabeth Schwarzkopf. Ele com certeza não estava correndo na esteira ao som das *Últimas Quatro Canções*? Sento no chão e escuto durante algum tempo, antes de desligar o aparelho e jogar de volta para o cheiro rançoso da bolsa de ginástica. Não me detenho nela. Não abro os bolsos laterais, não confiro os objetos de higiene, nem levanto a base retangular para ver se há uma camisinha ali embaixo, há muito esquecida ou guardada recentemente. Só desligo o iPod e empurro tudo de volta para debaixo da escada.

Dublin está silenciosa a essa altura dessa noite de neve.

Meu pai ouvia música clássica na sala de jantar; a papelada em pilhas na mesa envernizada, o sol enchendo a sala de cor. A beleza daquilo.

Não incomode seu pai agora.

Meu pai sentado na cadeira, olhos fechados, um braço pendurado do lado; morto, ou dormindo. Apaixonadamente morto. Apaixonadamente adormecido. Ou talvez apenas desligado. Que música era?

O *Bolero* de Ravel.

Ah. Os anos oitenta.

Levanto-me e ele está atrás de mim quando viro, falando ao telefone, fumando no frio antiquado do hall. Ele passou a vida aqui, entabulando alegres conversas sobre nada que se pudesse pegar com a mão. Nós ficávamos ouvindo, eu e Fiona, para ver se ele dizia alguma coisa que pudéssemos entender; uma palavra como "dinheiro" ou "interestadual" ou até mesmo "conselho do condado", mas ele era capaz de falar vinte minutos inteiros sem substantivos, nem nomes, nem nada a que se pudesse atribuir um sentido. "É assim que é", ele dizia, ou "Bem, era de se esperar, não era?", acompanhado de muito riso de natureza profissional. O tempo todo jogando algum jogo deliberado com o cigarro aceso na mão, pousando-o com precisão na beira da mesa, empurrando depois, para manter a ponta acesa longe da madeira.

— É verdade, pode-se dizer que sim. Ha ha. É verdade.

E depois, na sala de jantar, quando a música não conseguia segurá-lo, me lembro de nosso pai agitado ao entardecer, virando insistentemente para a janela como quem pergunta: o que está acontecendo com a luz? Como um cachorro durante um eclipse solar, minha mãe dizia. Foi a sua última doença. Ele teve alguma coisa estranha de bile que afetou seu fígado, e as toxinas no sangue causaram uma espécie de súbita devastação no cérebro. Para ele, o mundo se recusava a fazer sentido, mesmo girando. Levamos algum tempo para perceber — a demência deu a meu pai um ar de blefe, paranoico. Ele ficou mais loquaz e não confiava em ninguém. Era *bem como eu sempre desconfiei.*

Uma tarde, voltei da piscina do Terenure College com o cabelo molhado. Devia haver rapazes lá; alguma coisa em mim que devia parecer culpa.

— Por que essa aí está molhada? — ele perguntou olhando para Fiona, como se eu fosse a maior idiota.

— Ela foi nadar, papai.

— Nadar?

Era difícil saber qual parte da frase ele não havia entendido; se esquecera o que era nadar, ou se esquecera da água, ou se esquecera, na verdade, da umidade. Mas até o final, ele não esqueceu como jogar uma pessoa contra outra. Isso conseguia fazer mesmo quando todo o resto lhe faltava.

— A mulher tem de ser muito bonita ou muito interessante — ele sempre dizia, quando estava bem. — E você, minha querida, é *loucamente* interessante.

Não se esquecia também de beber. Fiona não concorda com isso, mas eu tenho uma lembrança muito clara de nós duas indo para o hospital da Harold's Cross Road com um frasco de bolso de gim que havíamos comprado para ele num bar perto do parque. Tínhamos economizado nossa mesada para isso.

Ele estava sentado na cama quando encontramos seu quarto, mas não sabia quem éramos. Disse para Fiona: "Quem é você? Por que está me beijando?" Mas ainda se lembrava da diferença entre vodca e gim — tinha de parecer água, isso nós sabíamos, mas parece que compramos a bebida errada. Ele cuspiu no copo da dentadura e disse: "Como se chama isto aqui?"

Depois bebeu, mesmo assim.

Era como se ele fosse feito de vidro, suas entranhas tinham ficado tão frouxas e ruidosas. Dava para ouvir o líquido descendo para o estômago, descendo pelo esôfago, gorgolejando na barriga dele. Houve uma espécie de rangido retorcido quando a bebida subiu de volta e a expressão de seu rosto era comicamente feroz quando ele a forçou a descer de novo. Fechou os olhos e descansou. Depois abriu os olhos outra vez e durante dois minutos, talvez cinco, foi completamente ele mesmo. Era o homem que conhecíamos: inteligente, agitado, grande.

— Se parasse de morder os lábios, minha querida, não teria essa boca mole.

Meu pai costumava reclamar de minha boca, de como ela me dava um ar insolente. "O que a menina está aprontando?", ele dizia, e uma vez, foi memorável, para um de seus amigos: "Ela não ficou assim por chupar laranja através de uma raquete de tênis."

Mas dizia uma porção de coisas agradáveis também. Meu pai nunca nos tratou como crianças. Se você o magoava, ele magoava de volta. Se o fazia rir, ele punha a casa abaixo de prazer. Não me lembro das pessoas "formando" os filhos, como Fiona "forma" os dela com aquele *arrume seus brinquedos e ganhamos um bom abracinho*. Quando meu pai estava em casa, havia drama o dia inteiro, e era tudo grande como tinha de ser. Ele brigava com minha mãe, ele amava minha mãe. Ele desapareceu. Ele voltou para casa e foi áspero e generoso conosco. Eu adorava isso nele, o maravilhoso ar de perigo e surpresa.

Mais velha, eu simplesmente detestava quando ele bebia: o jeito de ele girar o rosto para encontrar a gente, e as bobagens escolhidas, cuidadosas, que saíam de sua boca quando bebia. Detestava o jeito de ele ficar lá sentado, benignamente ausente, ou horrivelmente possuído por alguma criatura lenta que fazia rolar pela distância entre você e ele qualquer frase que inventasse na cabeça; simpática, perversa, grandiosa, miúda. Ou terna: essa era a pior, eu acho. Terna.

— Olhe só você. Não é linda?

Na nossa adolescência, ele não ficava muito em casa. Passava os domingos sempre em casa, mas mesmo no domingo ficava na cama até as onze da manhã e saía por volta das cinco, falando a verdade, seis horas por semana, um pedaço de cordeiro assado com molho de hortelá ao lado — dava para aguentar de qualquer jeito. Você podia ser louca por ele, como Fiona era, podia ser linda e perfeita, podia ter tranças que eram um encanto, tiaras que ficavam no lugar, podia aperfeiçoar a dança irlandesa e canções de *Oklahoma!* ou podia ser preguiçosa e olhar firme, como eu. Eu era esperta. Quer dizer, Fiona era esperta na base do vamos-lá-tirar-um--B-mais, porém eu era esperta porque, se fosse esperta não precisava me importar.

Agora que tem uma vida perfeita, minha irmã passou a inventar um passado perfeito para combinar. Ela não acha que nosso pai era bêbado — e com ela são dois, acho — e com certeza desmentiria a lembrança que tenho de nós duas apoiadas uma na outra de dar risada, ao voltar da Harold's Cross Road.

— Quem é você? Por que está me beijando? — ele tinha dito para ela. — E por que, meu benzinho, parou de me beijar quando a gente estava ficando tão amigos?

Demente é diferente de bêbado. Acho que as pessoas ficam dementes da mesma forma que ficam incômodas. As coisas de que você não gosta nelas simplesmente pioram, até que um dia você descobre que é só isso que resta delas — a confusão e a demonstração disso —, a pessoa mesmo se escondeu lá no fundo, foi-se embora.

Não lembro quanto durou a doença dele. Durou demais. Não o suficiente. Quando chegaram as férias, fomos mandadas para a casa de vovó O'Dea em Sutton, onde o mar lambia os degraus do jardim ou expunha a costa rochosa e, em algum momento, entre uma maré e a seguinte, ele morreu.

Então, no funeral, nós o tivemos de volta: aquela pessoa maravilhosa, nosso pai. A igreja estava lotada, a casa transbordando de homens de terno, que sentavam e apoiavam as mãos em coxas compridas, para contar histórias sobre seu humor, seu discernimento, seu charme irresistível. Ele era o último dos grandes românticos. Minha mãe disse isso. Alguém mandou uma caixa de Moët e ela pediu que o champanhe fosse servido. Levantou-se e ergueu o cálice. Disse: "A Miles, meu belo marido. Ele foi o último dos grandes românticos."

Por que não?

Então foram embora e ficamos sozinhas.

Durante todo esse outono, achamos um jeito de ficar juntas e lamentar — é o único jeito de descrever: nós três falando de roupas, cabelo, peso, pegando coisas, revirando as coisas entre os dedos, fazendo os mesmos regimes, trocando roupas; roubando uma da outra também.

— Você pegou minha frente-única?

— Que frente-única?

E nada nessas conversas nunca era satisfatório, ou pretendia ser, havia apenas uma direção, e era ladeira abaixo.

Quando Fiona chegou a quarenta e quatro quilos e meio, minha mãe a levou a um psiquiatra, que disse que minha irmã tinha parado de comer para deter o relógio: se permanecesse criança, então o pai não teria de morrer. O que era triste demais para ser realmente útil. Joan voltou a usar camisola o dia inteiro e Fiona voltou a seu queijo cottage e, de qualquer forma, não havia comida na geladeira — pelo menos não depois de eu ter acabado com ela — e então, quando veio a primavera, descobrimos os rapazes.

Ou eu descobri os rapazes. Fiona, se me perguntarem, só fingiu descobrir.

As pessoas podem achar difícil crescer ao lado de uma irmã linda, mas Fiona era adorável do jeito que as meninas são adoráveis para seus papais, e, depois que ele morreu, ela não soube o que fazer com aquilo, na realidade. Sua beleza era uma espécie de enigma para ela. E ela sempre acabava com o cara errado: do tipo que quer uma namorada para combinar com o carro; caçadores de prestígio, aproveitadores, mentirosos. Pelo menos, é o que eu acho; que aquele chato do Shay era talvez o melhorzinho. Que ela partiu para a maternidade na esperança de encontrar segurança e de ficar em paz.

Mas na primavera de 1989, seis meses depois que Miles morreu, minha irmã era linda e eu era muito divertida. Joan espetou um cigarro em sua piteira branca de plástico e pegou o pó e o blush. Nós éramos as Moynihan de Terenure. Era nosso dever ter uma fila de rapazes batendo na porta.

Do outro lado da rua — que agora é uma rua movimentada — fica o ponto de ônibus onde eu costumava me despedir desses primeiros namorados: sentados no muro durante horas ou dando um passeio até a esquina com alguma desculpa ("Vamos ver o que tem virando a esquina!"), para uma sessão de beijos. Rory, Davey, Colin, Fergus: devia ser por causa dos olhos deles, ou da franja, ou do gosto musical, mas, apesar do jeito como eu me convencia, com rabiscos nas costas de cadernos e gritinhos entre amigas, de que os amava, cada um a seu tempo, tratava-se apenas do seguinte: o cheiro de gasolina dos ônibus, as noites ficando cada vez mais longas, e os beijos ao ar livre até a ponta do nariz congelar. Naqueles dias, só estar ao ar livre já me dava arrepios. Descer a rua sozinha, com meus belos pensamentos, apanhando as flores amarelas das forsítias de meu vizinho e despetalando-as pelo caminho: beijar era a resposta para tudo isso também.

Levei um longo tempo para mudar para uma coisa mais séria, sexualmente: Fiona também, acho. As meninas

Moynihan eram antiquadas. Tinha alguma coisa a ver com o fato de a mãe delas ser viúva; um instinto que tínhamos a respeito do poder.

Foi de Fiona que senti falta naquele primeiro Natal de volta a Terenure. Seán estava em Enniskerry fazendo papel de Papai Noel para uma filha que não acreditava mais em Papai Noel. Aileen estava servindo um xerez fino leve antes do almoço. Eu estava sozinha. E a pessoa de quem sentia falta era minha irmã, a mulher que estava contente — como ela dizia, *contente* — de nossa mãe ter morrido para não ter de ver o meu comportamento.

Ela estava errada, por sinal. Minha mãe teria entendido. Minha mãe com seu belo marido insuportável; ela teria me dado um beijo no alto de minha triste cabeça.

Deslizo entre as cortinas da sala da frente e aperto a testa no vidro, com o tecido caindo às minhas costas, a luz alaranjada dos postes da rua lá fora fazendo sombras violeta, e me lembro, ou penso me lembrar, de alguma neve da infância, Miles nos levando ao grande monte de Bushy Park, metade do bairro deslizando por ele em bandejas de chá, body-boards e sacos plásticos, Segure bem! Os patos ultrajados deslizando pelo lago obstinado, nossos gritos ecoando debaixo de um céu baixo, vazio.

Miles na sala atrás de mim, com o tapete enrolado, pés de bailarino.

Uma vez, em volta do armário!

Me ensinando dança irlandesa, cantando o ritmo: um dois três, um dois três, *abaixa*-chuta e ponta calcanhar-*baixa*, bang, chuta, passo-calcanhar-repique-ponta.

E só por um momento não me importo com o tipo de homem que ele foi. Talvez seja o jeito como a neve abre um espaço, mas, por um momento, todas as minhas lembranças de meu pai são caixa de chocolate e cheiro de inverno: açúcar de glacê jogado no fogo, num chuveiro de chama amarela, uma caixa de mexericas frias da garagem, minha mãe com um tricô nórdico, Miles com uma filha debaixo do braço parado na porta, ouvindo o sr. Thomson da nossa rua tocar *Noite Feliz* com seu clarim militar. Claro que o Natal nesta casa sempre foi meio tormentoso — havia sempre, antes do fim do dia, alguma crise com o belo, bêbado Miles —, mas começava bem. Explodir pela porta para encontrar nossos presentes empilhados de ambos os lados do sofá — os de Fiona de um lado, os meus de outro —, um grande sofá confortável, o estofamento vermelho-escuro em relevo; marcado, nas costuras, por uma franja bege.

Lá estou eu, no joelho de meu pai, uma pequena *pietà*. Espero as cócegas me fingindo de morta.

Meu pai ergue uma mão lá no alto.

— É assim?

— Morri!

Começo a me retorcer para o chão e, ao escorregar entre seus joelhos, ele ataca, encontra os espaços entre minhas costelas e ataca. Quando chego ao tapete estou fora de mim. Descontrolada, pregada no chão que gira. Ligada ao meu corpo onde os dedos dele me tocam, enquanto eu voo.

— Não! Não!

Meu pai no sofá fazendo cócegas em mim, enquanto me retorço no chão, os ombros agitados no tapete.

— Ah, não!

O cigarro está preso entre seus lábios revirados: ele pega meus tornozelos com sua mão grande, depois se vira para deixar o cigarro no cinzeiro.

— Ah, o ratinho — ele diz. — Ah, o ratinho — e os dedos dele dançam e tamborilam nas solas macias de meus pés.

Estar morta era como sentir cócegas, só que quando você voa para fora do corpo não volta nunca mais.

Quando eu tinha doze anos ou quase, costumava praticar voo astral — deve ter sido moda na época. Ficava de costas na cama e quando estava bem pesada, pesada demais para me mexer, eu me levantava, na minha cabeça, e saía da casa. Descia a escada e saía pela porta. Andava ou vagava pela rua. Se quisesse, eu voava. E imaginava, ou enxergava, cada detalhe do mundo que passava; cada fato sobre o hall, sobre a escada e a rua adiante. No dia seguinte, eu saía para olhar as coisas que tinha notado pela primeira vez na noite anterior. E as encontrava, claro. Ou achava que sim.

Os pubs fecharam: há gritos ao longe e mulheres berram. Encosto a testa no vidro frio, enquanto o farol muda e torna a mudar. É hora de ir para a cama. Mas não quero ir para a cama. Quero lhes fazer companhia mais um pouquinho: a meu pai e minha mãe, dispersos como estão no doce e claro arco dos mortos.

Paper Roses

Uns dois meses atrás, vi Conor na rua Grafton. Ele estava empurrando um carrinho, o que me fez parar, mas então reconheci sua irmã a seu lado, que havia voltado de Bondi. Ele não pareceu surpreso por me ver. Olhou e acenou com a cabeça, como se tivéssemos combinado de nos encontrar.

Notei que estava com os lábios rachados. A luz estava forte demais em seu rosto — o sol se põe diretamente na direção da rua Grafton — e quando giramos, para nos vermos melhor, fiquei estranhamente preocupada pelo quanto sua pele havia envelhecido.

— Tudo bem. E você?

— Bem.

A irmã olhando para nós com uma expressão tão trágica que fiquei com vontade de perguntar se alguém tinha morrido.

— Ah, meu Deus — eu disse, em vez disso, e me curvei para olhar debaixo da capota do carrinho. Lá estava o bebê dela, um pequeno choque de humanidade olhando diretamente nos meus olhos.

— Que lindo! — falei e perguntei quanto tempo ela ia ficar, quais as notícias de Sydney, enquanto Conor parecia mais e mais cansado, parado ali.

Quando segui em frente, recebi o sinal de uma mensagem de texto no bolso.

"Estamos casados?"

Continuei andando. Pus um pé na frente do outro. Uma segunda mensagem chegou.

"Preciso falar uma coisa com você." Olhei em torno, mas Conor estava ocupado teclando no celular. Mais gordo também, na luz dura. Ou não tão gordo, só mais sólido. Ele ergueu os olhos e ao me voltar tive a impressão de seu peso ao longo de todo meu corpo, dos pés à cabeça.

— Só digo isso — diz Fiachra. — Ele é pequeno, bonito, inteligente.

— E aí?

— É o seu tipo.

— Não tenho um tipo.

— Só estou dizendo.

Então tudo bem, os dois são mais para o pequeno. Os dois são boa companhia; ambos difíceis de conhecer bem. Mas por baixo do charme Conor é do tipo distraído. E Seán? Quando a festa termina, quando a porta se fecha, quando os convidados vão embora...

São duas pessoas completamente diferentes. As pessoas gostam de Conor, mas não gostam de Seán. Sentem atração por Seán, o que não é a mesma coisa. Porque Seán tem uma piada permanente nos olhos, que geralmente é você — a piada, quero dizer —, é um grande gozador. E gosta de se gabar um pouco. Gosta de olhar para os outros de cima.

Um menino grisalho.

Ele sempre elogia o que você não espera. Nunca a coisa em que você se esforçou: o vestido, a joia ou o cabelo. Ele elogia o que está errado, então fica mais errado a noite inteira.

— O que você acha?

Descendo a escada, pronta para sair: alguma coisa no meu ar de expectativa o incomoda.

— Gostei do batom.

Ultimamente, é sempre minha boca. Eu devia contar para ele de meu pai na clínica. Sei disso agora. Conto cada vez menos para ele.

Minha pobre boca esfarrapada.

Seán Peter Vallely, nascido em 1957, educado para ser detestável pelos padres do Espírito Santo, criado para ser detestável por sua mãe, Margot Vallely, que o amava muito, claro, mas ficou muito decepcionada por ele não ficar alto.

Dava para cansar, só isso. A incapacidade de perder desse homem.

Eu tenho só trinta e quatro anos. É nisso que me pego pensando. Ainda dá tempo. Alguma coisa na gordura do peito dele — quer dizer, ele tem muito pouca gordura no peito, e, de qualquer forma, eu não me importo — mas essa camada faz alguma coisa, o esforço que ela faz, que é desanimador. E eu não me importo até os olhos dele me examinarem como o espelho não o examina.

Então, como se soubesse o que estou pensando, ele diz:

— Olhe só você. Você devia sair para o mundo. Devia.

— O quê?

— Não sei.

Nenhum de nós dois consegue dizer a palavra "baby".

— Não quero sair para o mundo — digo. Pensando: *Ele vai usar isso como desculpa para se livrar de mim.*

E: *Essa é uma das táticas dele também.*

Um sábado voltei tarde, depois de terminar na Reynards, e fiquei falando merda com Fiachra até as três da manhã, como nos velhos tempos. Tropecei pelo quarto e admito que houve certa agitação para eu tirar a roupa, depois pulei na cama e me aconcheguei.

Seán, que estava dormindo, não queria saber de nada. Não me lembro bem, mas entre uma apalpada e outra eu devo ter apagado. Acordei talvez duas horas depois num tal estado de susto, desconfio que ele tenha me empurrado no sono. Ele estava deitado no escuro com os olhos abertos, como era claro que devia estar fazia algum tempo. Disse alguma coisa — alguma coisa horrível, não lembro o que foi —, nos vimos a ponto de romper; gritando, agarrando roupões, batendo portas. Foi de Fiachra a tudo, com nada pelo meio.

Você sempre.

Você nunca.

O negócio é que você.

Foi, de um jeito assustador, exatamente como estar casados. Embora houvesse diferenças cruciais de estilo. Por exemplo, Conor se punha como defensor de altos padrões morais e Seán não se dá ao trabalho — diz que não gosta do ar lá do alto. Não, Seán não fica ofendido, ele fica mau, fica frio, de forma que eu acabo sempre chorando em outro quarto ou tentando acalmá-lo. Sentada em silêncio. Ergo a mão para tocá-lo. Me dou ao trabalho. Eu o seduzo de volta para mim.

Aí ele fica ofendido.

Então.

Fazer as pazes é sempre terno.

E embora eu sinta falta do futuro que poderia ter tido e de cada um dos gordos bebês de Conor Shiels, não acho que seja egoísmo nosso manter a relação íntegra e bonita; nos apegarmos ao entendimento que vem quando olhamos nos olhos um do outro.

Simplesmente não sei como explicar.

Achei que seria uma vida diferente, mas às vezes parece a mesma vida num sonho: um homem diferente a entrar pela porta, um homem diferente pendurando o casaco no gancho. Ele chega tarde em casa, ele sai para a ginástica, e fica grudado na internet: não passamos nossas noites em restaurantes, nem jantamos mais à luz de velas, nem mesmo comemos juntos a maior parte do tempo. Não sei o que eu esperava. Que não fosse mais preciso preencher recibos, nem haver problemas com armários de cozinha quebrados, ou que Seán acendesse um abajur de cabeceira pequeno em vez da luz grande quando entra num quarto. Seán existe. Ele chega, sai. Esquece de me telefonar quando está atrasado e então o jantar passa do horário: o cordeiro Butler's Pantry com lentilhas que aqueci no micro-ondas. Ele lê jornal — bastante, na verdade — e não há nada de errado em nada disso, mas às vezes o seu aspecto intratável, talvez mais que de todos os homens, me faz subir pelas paredes.

É como se não soubessem que você existe, a menos que se ponha parada na frente deles. Penso em Seán o tempo todo quando ele está longe, sobre a pessoa que ele é, e onde está, e como posso acertar as coisas com ele. Eu o mantenho sob meus cuidados. O tempo todo.

E aí ele entra pela porta.

Seán no jardim de minha irmã em Enniskerry, de costas para mim, o rosto para a paisagem, e a sorveira a seu lado tem uma corda de pular emaranhada nos galhos que ainda são ramos apenas.

O dia foi quente e tomei muito Chardonnay. Voltei há pouco da Austrália. Estou apaixonada e trabalhando muito mesmo em todo o negócio de Enniskerry com os vizinhos e as crianças. Então o homem parado lá embaixo no jardim é apenas um pequeno rasgo no tecido de minha vida. Posso costurar de novo, se ele não se virar.

Seán de pijama parado na frente da janela, com as flores de gelo no vidro. Ou ele parado na janela à luz de verão com as costas nuas num quebra-cabeças de músculos e ossos — ele ainda parece jovem, de costas — e sinto vontade de sussurrar: *vire-se.*

Ou *não se vire.*

As semanas que passei esperando seu telefonema, os meses que passei esperando que ele deixasse Aileen. A solidão disso foi fantástica à sua maneira. Convivi com isso, dancei com isso. Levei o fato a uma espécie de perfeição no penúltimo Natal, poucos meses antes de ele se liberar.

A casa em Terenure já estava no mercado havia quatro meses e um dilúvio de pessoas havia passado pelo lugar, abrindo armários, levantando os cantos de tapetes, farejando o ar. Meu quarto, o sofá onde eu sentava, a cama de minha mãe, estavam — ainda estão — na internet para todo mundo clicar e recusar: a escada que descíamos de barriga, o quarto escuro em cima da garagem, a mancha em torno do interruptor. Encontrei um fórum de discussão on-line em que riram do preço — mas, fora isso, era difícil saber o que as pessoas pensavam. Um único interessado que poderia ser um investidor fez uma grande agitação, mas não concretizou nada. Um casal com filhos fez uma oferta baixa, depois desapareceu. E então veio o Natal. Meu pai não estava presente para estragar o dia. Minha mãe não estava presente para melhorar o dia. Minha irmã não estava falando comigo. Meu amante estava no frio seio da família, usando um chapéu de papel.

Pensei nele o dia inteiro: a filha sentada a seus pés, escrevendo seu primeiro e-mail, *Olá, papai!* A esposa na cozinha, o cabelo pendurado em cima do vapor das couves-de-bruxelas. A maldosa mãe dele olhando em torno com um olho brilhante.

Eu tinha uma patética arvorezinha num canto da sala, uma coisa plástica que se liga na tomada, com a luz correndo pelas pontas dos galhos de fibras óticas. Fiz um sanduíche para o almoço e tomei uma xícara de chá. Pensei em sair de casa, mas não consegui. Havia tráfego na rua, todo mundo indo para algum lugar: até os taxistas tinham as esposas ao lado e os filhos no banco de trás.

Havia momentos, nos últimos anos da vida de minha mãe, em que ela não conseguia sair pela porta e nesse dia, andando de sala em sala, acho que entendi por quê. Dentro era insuportável, e fora estava além da imaginação.

Finalmente, fui à cidade por volta das duas horas; abandonei o carro em cima de linhas amarelas duplas. Pela janela do Shelbourne dava para ver os náufragos respeitáveis devorando seu peru de hotel, ou erguendo as cabeças para olhar as ruas desertas. Passei pela porta trancada de Stephen's Green, pela bocarra aberta da rua Grafton, os manequins nas vitrines das lojas congelados como se dissessem: é agora! Hoje é o dia! Pensei que se caísse na rua não haveria ninguém para me encontrar até de manhã. No muro da Trinity, passei por um casal alto que parecia turista. Eles viraram o rosto quando passei entoando *Feliz Natal, Feliz Natal,* e eu fiquei abalada; que vergonha. Eu não existia. Ia acabar quebrando alguma janela, só para mostrar que eu era real. Devia gritar o nome dele: meu amante que não podia arriscar — não podia arriscar! — mandar uma mensagem ou telefonar.

Não quebrei janela nenhuma, claro. Fui até o carro e voltei para casa. Quando conferi o celular, encontrei uma mensagem de Fiona. Dizia "Feliz Natal, bjs sua irmã" e me fez chorar.

Na verdade, Seán mandou efetivamente alguma coisa por volta das sete horas. Dizia "Veja na varanda", onde encontrei um buquê de rosas e uma esguia meia-garrafa de vinho gelado canadense. E apesar de eu realmente não beber mais, acabei bebendo tudo e, depois das últimas gotas doces, uma dose de uísque de rachar o crânio. Não estava nada certo — o drinque perfeito não existe, mas de alguma forma não é nunca o drinque que você tem na mão. Continuei trabalhando, mesmo assim, até estar firme, vazia e limpa. No dia seguinte, temi ter feito um barulho sentada ali; algum guincho, mugido, grasnido de dor, mas tenho quase certeza de que fiquei quieta e de que quando o dia terminou, a estação assassinada, consegui, com alguma dignidade, levantar, virar e subir para a cama.

Acordei tarde no dia de Santo Estêvão com a dor de cabeça que eu tanto merecia e, depois de um café da manhã de chá e pudim de Natal, entrei no carro e me arrastei para a casa de Fiona em Enniskerry. Chorei um pouco enquanto dirigia e por acaso liguei o limpador de para-brisa. Não telefonei antes. Não sabia o que dizer.

Cheguei às três horas e o escuro já estava no ar. Estacionei por um momento e não vi sinal de vida, mas meu sobrinho Jack estava na sala da frente e abriu a porta antes que eu tivesse tempo de bater. Olhou para mim de alto a baixo, se perguntando como reagir ao fato surpreendente de eu ser real. E decidiu pela indiferença.

— Oi — ele disse.

— Oi, Jack. — Ele ficou pendurado na porta, me olhando pela fresta.

— Cadê sua mãe?

— Está lá em cima ganhando abraço.

— Certo.

Parecia haver muito pouco que eu pudesse responder, mas ele já havia virado e corrido para a sala da frente. A porta ainda estava aberta, então entrei para o hall e fechei-a em silêncio ao passar.

— E onde está sua irmã? — perguntei com cuidado.

— Saiu.

— E você está fazendo o quê?

— Estou escrevendo um livro — ele disse.

Ele estava de joelhos na sala. Achei que podia me contar mais, porém ele se deixou cair de novo no chão e puxou as páginas do caderno para a curva do braço. Pôs a língua para fora no canto da boca e escreveu; bumbum para o ar, rosto afundado na página, olhos a centímetros da ponta da caneta em movimento.

Fiquei sentada, olhando, durante o que pareceu um longo tempo. A casa totalmente silenciosa. Eu estava quase lhe fazendo mais perguntas, quando ouvi alguém descer a escada e ir para os fundos da casa. Era Fiona, eu a vi através das portas de ligação. Estava de penhoar e achei que parecia nitidamente descansada, podia-se até dizer "refeita". Ela pôs a chaleira no fogo, depois me viu e levou um susto.

— Quanto tempo faz que está aí?

— Acabei de chegar — respondi.

— Jack, você tem de me falar sempre que chegar alguém. Sempre, certo?

— Não se preocupe — falei, tentando protegê-lo dela.

— Está me ouvindo, Jack?

— Tudo bem.

Ela olhou para mim e deu um sorriso de lado.

— Quer chá?

— Precisamos falar da casa — eu disse, mais tarde, quando bateu o alívio.

— É. A casa — ela disse e fez um gesto deprimido. E, para fazer justiça a Fiona, ela nunca foi gananciosa nesse sentido.

— Contei que vendemos a casa em Brittas?

— Não.

— Pois vendemos. Estou dizendo, ninguém vende nada acima de um milhão. Nada. Shay que disse.

— É mesmo? — respondi.

— Não estão construindo nada. Ele disse que nem um tijolo em cima de outro, este ano. Nem um.

— Bom, a coisa estava muito louca — eu disse. — Não estava?

— Você acha?

E ficamos ouvindo um momento; o rumor do dinheiro murchando nas paredes, no piso, no granito das bancadas da cozinha, se transformando de novo em tijolos, entulho, pedra.

Shay desceu, de banho recém-tomado e cheio de si, camisa polo e jeans.

— Gina! — ele disse, como se fôssemos velhos parceiros de golfe há muito afastados dos campos. Depois saiu, depressa, para buscar Megan. Fiona começou a preparar uma salada na bancada da cozinha e eu disse que tinha terminado tudo com Seán. Se é que ela queria saber. Se é que estava interessada.

— Acabou — eu disse. Não queria vê-lo de novo. Ele podia voltar para a esposa.

— Como assim, "voltar"? — Fiona perguntou. — Ele nunca foi embora.

— Que seja.

— Acho que ele nem contou para ela, sabe?

— Não?

Então eu estava realmente falando sério quando disse que não queria mais vê-lo — nunca mais. Seán estava a menos de trezentos metros, na mesma rua, fazendo o papel de homem de família, minha irmã em sua cozinha, fazendo o papel de esposa perfeita, e eu, de perfeita idiota. Haveria penalidades, eu sabia. Porque realmente sentia, naquele momento, que tinha perdido o jogo.

— Não sei o que você viu nele — disse Fiona.

— Cretino.

— É uma coisa que ele faz, sabe. Você não devia ter levado a sério.

— Bom, levei.

— Ele sentou ali — ela disse e estava zangada; se zangada comigo ou por mim, era difícil de dizer. — Ele sentou ali — apontando uma poltrona de couro — e me disse que estava muito solitário. Não. Disse que a mulher estava muito solitária. Que estava preocupado com a mulher.

— Quando foi isso? — perguntei.

Fiona olhou o vidro entre a cozinha e o quintal, onde seu reflexo emergia contra o entardecer. Examinou o próprio rosto, seu grau de tristeza, e o estado do cabelo.

— Cretino — ela disse. — Eu gostava dele.

E inclinou-se sobre o granito preto do balcão da cozinha, as mãos em garra viradas para cima, como Seán fazia quando estava num clima persuasivo.

Mas, sabe como é, todo mundo passa cantada em Fiona, é o fardo que ela carrega pela vida. Até o carteiro está a fim da minha irmã, ela é uma mártir disso, não pode nem abrir a porta da rua.

— Quando foi isso? — repeti.

— Ah, não sei — ela disse.

E então me lembrei de outra coisa sobre minha irmã. Não que todo mundo goste dela, não é esse o problema. O problema é como gostam dela. Os homens. Não é tanto transar que eles querem, mas sentir desejo por ela. É isso que a entristece.

— Anos atrás — ela disse. — Eu estava grávida de Jack fazia dois minutos. Me lembro, estava boba com a gravidez. Nem consegui entender o que ele estava dizendo.

— O que ele disse mesmo?

— Ah, não sei. — Ela vai até a porta dupla da geladeira, que parece ocupar metade da parede da cozinha. — O que eles sempre dizem?

Ela abre a porta, e a borracha de vedação faz um ligeiro som de sucção. Ela diz: "Gina. Sabe que Shay está sem trabalho. Sabe que ele não trabalha desde outubro."

III

Knocking on Heaven's Door

Quando Evie tinha quatro anos, ela caiu do balanço, Aileen deu uma bofetada na babá e, quando Seán chegou em casa, pôs o dedo mínimo dentro da boca da filha e descobriu que ela havia mordido a bochecha. Ele examinou suas pupilas.

— Olhe para mim, Evie. Agora, olhe para a luz.

— Perdi o sapato — ela disse.

Então ele saiu para o entardecer e encontrou a pequena sapatilha de balé cintilante ao lado do balanço. As costas do calçado estavam sujas de lama e havia um torrão de terra ainda grudado ao salto.

Houve um momento, depois do impiedoso relato de Fiona em sua cozinha, em que questionei tudo o que acontecera entre mim e Seán, até a nossa escolha da cama. Eu não tinha percebido os detalhes cruciais, pensei: não tinha percebido os sinais. Se amor é uma história que contamos a nós mesmos, então eu tinha contado errado a história. Ou talvez a paixão seja apenas e sempre uma coisa errada.

Agora, eu acho que consigo entender o que aconteceu com Evie, sei contar a história direito. Se conseguir pensar nela e entendê-la, então poderei entender Seán, e aliviar a dor dele.

Na tarde em que ela caiu do balanço, sentaram com a criança esgotada e sorridente na sala de espera do médico e ela virou para o pai e perguntou:

— Eu morri?

— Não seja boba — ele disse. — Olhe para você, está viva!

O médico, que tinha um nítido sotaque inglês, se apresentou como "Malachy O'Boyle" — um nome tão inventado e irlandês que Aileen disse, depois, que "era definitivamente falso". Ele pôs Evie sentada na maca e a fez deitar. Apalpou sua nuca, conferiu as pupilas e todos os sinais vitais, enquanto ouvia e ignorava a descrição clara e agitada que Aileen fazia dos acontecimentos daquela tarde.

— Ela teve febre?

— Não.

— Tem certeza? — Diante do quê Aileen se calou, porque evidentemente não estivera presente.

— Então, Evie — disse o médico, agora que já havia cuidado da mãe —, me conte o que aconteceu.

— Caí do balanço — ela disse.

— Mais alguma coisa?

— Não.

— Menina valente — ele disse. — Aconteceu alguma coisa antes de você cair? Para onde você estava olhando?

Ela olhou para ele com um ar firme e desconfiado e disse:

— Para as nuvens.

— Estavam bonitas as nuvens?

Evie não respondeu. Mas não tirou os olhos dele, nem nesse momento, nem depois, e quando, ao fim da consulta, ele lhe ofereceu um pirulito, ela disse "Não, obrigada", o que, vindo dela, era realmente um grande insulto.

Malachy O'Boyle encostou em sua cadeira giratória e, com seu jeito fácil, fanhoso, disse que Evie tinha batido a cabeça e ia ficar bem. Ele achava possível também que ela tivesse sofrido um acidente, uma convulsão ou crise, que as pessoas costumam chamar de ataque. Ele não tinha nenhuma certeza disso, e, mesmo que fosse verdade, a maioria das crianças nunca tem uma segunda crise. Mas era bom eles saberem disso. Era bom eles ficarem atentos.

Saíram da sala e pagaram cinquenta e cinco euros à recepcionista. Depois foram para o carro. Aileen disse: "Vamos para a emergência." Ela estava branca e tremendo no banco de passageiros ao lado dele. Seán disse:

— É noite de sexta-feira.

Mas foram para a emergência e ficaram sentados lá quatro horas e meia, para serem recebidos por uma moça cansada de jaleco branco que repetiu quase a mesma coisa que o médico irlandês falsificado havia dito. A moça, que parecia ter dezesseis anos, resistiu a toda menção a convulsões e ressonância magnética, admitiu que podia manter Evie para observação, mas teria de ser numa maca. E então eles esperaram sentados, ou caminhando, ou parados ao lado da maca onde Evie dormia o sono delicioso, comovente, de uma criança, enquanto em torno dela toda a Dublin de sexta-feira à noite chorava, sangrava e xingava (e isso eram só os atendentes, como Aileen disse, acidamente). Havia uma cadeira de plástico para os dois. De quando em quando, Seán se inclinava sobre o colchão da filha e apoiava a cabeça nos braços dobrados, onde adormecia por trinta segundos de cada vez.

Ali ficaram, inquietos de cansaço, até que às dez da manhã um médico de aparência mais importante passou, conferiu o prontuário de Evie, abriu as pálpebras de Evie uma de cada vez e, com um alegre ar de gozação, deu a todos permissão para voltar para casa. Eles não faziam ideia de quem fosse ele — como Aileen observou depois, podia ser um faxineiro fantasiado —, mas nessa altura já estavam flexíveis, agradecidos, quase animais. Toda a sua competência humana normal havia desaparecido. As regras tinham mudado.

No momento seguinte, Aileen passou de eficiente a inútil. Ela brigava ou congelava; não havia nada entre uma coisa e outra. Depois de muitas noites em vários sites na internet até tarde, ela se convenceu de que havia algo muito errado. Evie vinha chorando no sono havia meses — talvez um ano — antes de cair do balanço, e às vezes a encontravam confusa, no chão do quarto. Aileen arrastou a menina a três clínicos gerais diferentes ("Parecia mãe de miss", como Seán a descreveu), até receber a indicação de uma pediatra neurologista com uma lista de espera de dois meses, e nessa noite, pela primeira vez desde que ele a conhecera, ela se entupiu de champanhe.

Enquanto isso, a babá não apenas foi embora como desapareceu, e, apesar de precisarem de outra urgentemente, Aileen resistia à ideia de telefonar para a agência de novo. Ela tirou meio expediente de licença no trabalho durante alguns dias e às vezes Seán se encarregava da outra metade, ela telefonava para vizinhos, e chamava baby-sitters. A criação da filha, que até então havia sido uma coisa tranquila — pelo menos pelo lado dele —, se transformou num problema insolúvel. Era como se ela não quisesse que desse certo, ele percebeu um dia quando a substituição não funcionou e ela acabou gritando com ele ao telefone: *Você disse duas horas, mas queria dizer três. Quantas mentiras? Quantas mentiras cabem numa hora?*

Ela disse depois que estava tomada por culpa e preocupação. Só queria ficar com Evie o tempo todo.

E Seán disse: "Ela está ótima."

Aconteceu na hora do café da manhã. Evie era sempre uma alegria de manhã. "A gente põe as crianças na cama gritando", Seán disse, "e elas acordam novas em folha." Evie sentou-se na cama à primeira luz da manhã e leu um livro — ou só conversou com as imagens —, depois se levantou ao som do despertador e se enfiou entre os pais que acordavam. Falava sem parar, imaginando, conversando, se distraindo. Suas manhãs passavam num estado de carinho e esquecimento: ela olhava dentro do guarda-roupa e não se lembrava de se vestir, ajudava a fazer mingau depois deixava que esfriasse, tentava sair para o quintal antes de encontrar os sapatos.

Nessa manhã, ela esqueceu o mingau em favor de uma galinha de pano preta e branca que fazia dançar em cima da mesa com grasnidos e cacarejos, em meio aos quais rolou os olhos para trás e caiu no chão. Seán ficou olhando durante muitos segundos antes de conseguir entender o que estava acontecendo. Debaixo da mesa, Evie sacudia e tremia. Os olhos abertos, fixos. Ela não olhava para ele, mas para a parede atrás da cabeça, e o que perturbou Seán, depois, foi o ar delicado e pensativo que viu nos olhos dela, como de alguém que examina a ideia da dor. Evie estava com as mãos fechadas, o pé direito batia ou chutava, e pareceu-lhe que o corpo dela estava assolado pela traição do cérebro, lutando para recuperar o controle. Ele sabia que isso era apenas uma ilusão, mas nada conseguia convencer Seán de que Evie não estava sofrendo. Ela soltava pequenos miados, tão miúdos e incompreensíveis como em recém-nascida, e a boca inquieta babava.

Aileen puxara a cadeira para trás, para deixar espaço à menina. Parou olhando a filha. Depois, se abaixou depressa para proteger sua cabeça dos ladrilhos duros.

— Não faça isso — Seán disse, porque achava, de alguma forma, que Evie não devia ser tocada.

— Fazer o quê?

A calma de Aileen era quase anormal. Ela ergueu os ombros da filha, deslizou com facilidade para o piso e apoiou a cabeça de Evie no colo, com a mão livre estendida para cima para se apoiar no tampo da mesa.

Seán se lembrava dessa imagem com grande clareza: a dobra de gordura nada lisonjeira entre o joelho e a coxa, e Aileen, sempre tão minuciosa, com a saia manchada de baba. Nesse meio-tempo, as mãos cerradas de Evie começaram a bater mais devagar e os lábios estavam quase azuis.

Ele achou que ela não estava respirando.

Evie sacudiu, sacudiu e parou. Parecia que havia esquecido alguma coisa. Então, depois de um momento de grande vazio, seu corpo puxou uma respiração rouca. Depois outra. Aileen a esfregava e acariciava, soltando gemidos de tranquilização, e levou um longo tempo para fazer a menina voltar a si — ou talvez nada disso tenha levado muito tempo, apenas a coisa toda aconteceu num período muito curto; só deu a impressão de dificuldade e lentidão. Evie estava confusa, Aileen estava confusa, chamando o nome dela, esfregando suas costas e braços. E então, alguma coisa mudou e aconteceu.

Evie se sentou. Deu um rugido. Desvencilhou-se dos braços protetores da mãe; furiosa, cobrava do mundo.

* * *

Ele ficou tão orgulhoso dela.

Às vezes, parece que Seán me culpa pelo fracasso de seu casamento, mas ele nunca me culpa pelo que aconteceu com Evie. Eu arranquei tudo isso dele nas viagens que fizemos ao oeste; as belas estradinhas ao longo de Shannon, além de Limerick: Pallaskenry, Ballyvogue, Oola, Foynes. Rodamos com o largo rio aparecendo entre as árvores manchadas de sol; Seán concentrado em dirigir, eu vestida com segurança, nenhum de nós dois olhando para o outro, sentados lado a lado.

Falar dela o deixa simples. Seán, como ele próprio admite, um homem viciado em ganhar e perder — quando Evie ficou doente, tudo isso desmoronou, e o mundo se abriu para ele de um jeito que ainda o intrigava.

Na manhã em que Evie teve a crise, Aileen telefonou para o consultório da neurologista em que tinham consulta marcada para duas semanas depois. Estavam a caminho da emergência. Aileen estava no banco de trás do carro, abraçando Evie por cima do cinto de segurança e falando ao telefone. A secretária da médica disse: "Aguarde um momento", e pôs a mão sobre o bocal. Depois voltou para dizer: "A dra. Prentice vai mandar a equipe."

— Como?

— Quando chegarem à emergência. A dra. Prentice vai ver vocês, depois que falarem com a equipe.

E ela foi.

Durante aquelas primeiras horas, foi uma espécie de felicidade. Um médico, dois médicos, uma cama na ala diária. A especialista chegou; uma mulher pequena, profundamente poderosa, vestida com um conjunto de crepe azul-marinho. Ela era gentil. Autorizou uma ressonância magnética e um eletroencefalograma. Usou a palavra "benigno", o que os fez pensar num tumor cerebral. Preencheu a receita. Disse uma porção de coisas boas, tranquilizadoras, muitas das quais eram difíceis de lembrar.

Percorreram os corredores do hospital procurando a saída, com Evie ainda exausta no colo do pai, e sentiram — ao menos Seán sentiu — o peso e a beleza da cabeça dela balançando em seu ombro, o mistério de trazê-la ao mundo, e como ela havia escapado do mistério por ser tão absoluta e pragmaticamente ela mesma. Eles olharam em torno, memorizando seu futuro naquele lugar: as camisetas de futebol assinadas e emolduradas, os quebra-cabeças de arame nas mesas de madeira, e os murais amarelecidos de personagens de quadrinhos havia muito fora de moda. Uma faxineira perguntou se estavam perdidos, e estavam. Uma enfermeira que passava perguntou: "Sabem onde é a saída?" Só havia dois tipos de gente nesse lugar: as pessoas que eram boas, e as que estavam perdidas. Deram-se as mãos. Nunca tinham sido tão próximos; a caminho das portas giratórias do hospital infantil, a luz do dia lá fora.

Durante os vários meses seguintes, eles abriram caminho e se acomodaram a listas de espera, e a casa era conduzida de acordo com o horário médico de Evie. Levantavam-se ainda no escuro, a enrolavam num cobertor e a levavam para o carro. Seán dirigia enquanto o amanhecer deslizava pelas colinas, enchendo a bacia da baía de Dublin com uma névoa pálida, e o sol subia do mar à frente deles, lavado e branco. No hospital, Evie estava quente e úmida, deliciosa ao toque, e eles a levavam por um ou outro corredor à sala de espera certa ou errada, onde gente boa (era sempre gente boa, todos) pegava a papelada e os redirecionava, e eles andavam, olhando pelas janelinhas de vidro de cada porta para o caso de toparem acidentalmente com a ala onde havia crianças carecas, ou crianças com cicatrizes grandes demais em seus corpos pequenos: todos os pequenos estranhos cheios de esperança. Bem depressa pararam de ver a doença das crianças e passaram a ver as crianças reais, e isso também os assustou: a ideia de que essa inversão da natureza pudesse ser uma coisa natural. Eles não olhavam os próprios reflexos. Nunca. Cada criança doente, ou mesmo moribunda — linda como uma flor —, parecia estar ligada a alguma mãe sem banho, que dormia no chão e tinha se esquecido de tingir as raízes, pais parecendo refugiados.

Depois das primeiras decepções, Aileen disse que não fazia sentido os dois passarem a vida assim, que ela daria conta sozinha. Então, quando os exames se esclareceram, ela atirou isso na cara dele: "Você nem ia ao hospital, nunca estava lá."

Era o alívio que a fazia gritar. O diagnóstico, quando veio, era muito terrível, ou muito esperançoso — difícil saber qual. A dra. Prentice havia dito que os ataques de Evie muito provavelmente passariam com a idade. Ela não tinha nenhum tumor, provavelmente não ia morrer — a menos que fosse durante o sono, repentinamente, sem nenhuma razão: a menos que fosse no banho, debaixo de um carro, na sala se tivesse uma crise parada ao lado do fogo. A médica parecia dizer que não havia nada de errado com ela, a não ser o que estava errado com ela. A medicação apresentava uma única alternativa: ataques ou não ataques, você decide.

— A maioria das pessoas — disse a dra. Prentice, à sua maneira direta e atenciosa — opta pela segunda.

Os comprimidos deixavam Evie confusa — pelo menos, era o que Aileen achava. Menina contente, quase dócil, quando se frustrava tinha ataques, mesmo de manhã — quando todo o adorável esquecimento voltava-se agora para algo mais sinistro. Aileen achou que ela podia estar tendo alucinações.

— Você acha? — Seán perguntou.

Era difícil dizer. A menina tinha quatro anos: passava o dia num estado de constante imaginação. Mas Aileen dizia que ela empacava na rua ou se assustava sem razão. De vez em quando, erguia a mão como se quisesse afastar teias de aranha da frente dos olhos. Dizia coisas estranhas. Aileen não sabia se isso era alguma espécie de sombra dos ataques que tinham parado, ou um efeito colateral das pílulas que tomava para impedi-los. Particularmente, Seán achava que era um sintoma da ansiedade de Aileen, mas ambos ouviam a conversa de Evie com um ouvido mais que atento.

Depois de meses desse desassossego e aflição, e muitas centenas de horas na internet, Aileen resolveu interromper a medicação de Evie.

— Quero minha menininha de volta — ela disse.

A preocupação de Aileen tornara-se impossível. Ficava tão preocupada, por tanto tempo, que a coisa ia além e se transformou num êxtase de cuidados.

— Não é mais ela — dizia. — Não é a Evie.

Seán argumentou que a menina tinha apenas quatro anos: "Está mudando a cada minuto", ele disse. "Nunca é a mesma."

Ao que Aileen respondeu: *"Como você pode não perceber?"*

Então Evie foi poupada de seus comprimidos, e o ataque, quando aconteceu, foi quase um alívio, depois de tantos dias esperando que viesse. Dias e semanas sempre presentes e cuidando, esperando o cérebro dela estalar, com medo das sombras, quando o sol era esfarrapado pelas árvores da rua. Está sentindo cheiro de alguma coisa, Evie? Está vendo alguma coisa? No que está pensando, Evie?

Aconteceu na creche onde Evie passara a ficar durante o dia. Parece que a encarregada nem piscou. Foi um acontecimento. Ela manteve o controle.

— Só a peguei no colo — disse ela. — Coitadinha.

Não que tivessem gostado dela por isso.

— Que vaca — disse Aileen, porque a realidade tinha mudado para eles, mais uma vez. Estavam agora olhando para um mundo em que uma criança ausente, convulsa, era uma coisa normal. A filha deles. Sua linda e sempre presente Evie.

Não há dúvida de que Aileen, que era, acima de tudo, racional, não estava se comportando racionalmente quando resolveu acabar com esse absurdo de uma vez por todas. Fez Evie seguir um regime. Um regime médico. O hospital que usavam não supervisionava, mas alguns hospitais sim, ela disse, embora fosse geralmente para crianças que estavam muito piores que Evie. Era um regime cetogênico — como o de

Atkins, porém mais estranho e mais restrito —, parecia compreender infindáveis quantidades exatas de chantili. Nada de carboidratos. Absolutamente nada. Nem uma maçã, nem uma mancha de molho num feijão de forno. Uma batatinha e a menina começaria a espumar pela boca e cairia debaixo do primeiro ônibus, nem pensar.

Seán devia ter ido contra, ele disse. Ou devia ter conversado mais com ela — com Aileen —, fazê-la sentir-se menos sozinha na história. Mas achou que era impossível interferir. E não havia nada de tremendamente errado com chantili. Então, simplesmente deixou que ela fizesse aquilo.

O regime nunca funcionou. Pelo menos, Evie nunca o obedeceu — Seán desconfiava que a mulher da creche estava lhe dando doces por pena. Começavam de novo a cada segunda-feira e na quinta-feira Evie estava com hálito de açúcar. Aileen ia ao quarto vizinho para se recompor, depois voltava para discutir as coisas com Evie.

— Lembra, dona Comilona, do que conversamos sobre o seu cérebro?

Uma noite, ao descobrir um ninho de caroços de pêssego enfiados nas costas do sofá, Aileen se levantou e chorou. Tinham transformado sua filha num fracasso, disse; sua filha fabulosa, que era agora uma decepção constante para eles; além disso, quando se tratava de comida, uma ladra e mentirosa de talento. E embora percebesse que tudo isso estava acontecendo, Aileen não sabia como solucionar as coisas, e não havia nada que Seán pudesse fazer a não ser se manter fora do círculo e dizer a ela que ia ficar tudo bem quando não estava tudo bem. Era tudo impossível. E era tudo culpa dela.

Foi durante essa fase da vida deles, essa fase cetogênica, que vi Seán pela primeira vez, parado nos fundos do jardim de minha irmã em Enniskerry. Não sei no que ele estava pensando. Podia estar pensando em Evie, no trabalho, ou na mulher do trabalho. Podia estar admirando a vista, ou se perguntando quanto valeriam as casas entre ali e o mar. Talvez estivesse desejando minha irmã Fiona, que é tão bonita e triste. Ou podia não estar pensando em nada. Como os homens muitas vezes dizem fazer.

— No que está pensando?

— Não sei. Nada importante.

É bastante claro, porém, que ele não estava pensando em Evie sob nenhum aspecto prático, porque, quando ela chegou por trás dele, tinha o rostinho manchado de alguma coisa roubada, pegajosa e muito roxa.

Ele disse: "Ah, pelo amor de Deus, Evie", e suspirou. Ficou olhando Aileen limpar a mancha com um guardanapo de papel, depois olhou para mim.

Claro, sei a história de Evie sobretudo do ponto de vista de Seán e sei que Seán nem sempre diz a verdade. Ou não se lembra da verdade. Pelo jeito como ele conta, encontrou com a irmã de Fiona (como costumava pensar em mim) pela primeira vez caminhando na floresta de Knocksink, com as crianças pisando na lama até os joelhos. Não tem nenhuma lembrança de mim na festa, parada junto à cerca.

Mas, seja como for que ele se lembre, há alguma coisa na história de Evie que Seán está constantemente tentando entender. Algo sobre ele mesmo, talvez.

E existe Aileen.

Evie marchou pela casa de Terenure adentro — bem no começo — e me entregou um envelope de aparência bastante amassada, depois rolou os olhos e se afastou para ligar a porcaria da televisão de Joan. Dentro, havia uma folha de informações com o cabeçalho "O que fazer quando alguém tem um ataque epilético". Isso estava preso com um clipe a um recado patético de Aileen — datilografado, sem assinatura — que começava assim: "Quando Evie tinha quatro anos, foi diagnosticada com epilepsia rolândica benigna da infância (ERBI). Recentemente esse diagnóstico foi revisto." Eu li tudo. Não entendi nem uma palavra. Perguntei a Seán:

— Mas qual é exatamente o problema dela?

— Na verdade, nada — ele respondeu. — Ela está bem.

* * *

Evie, ainda sem medicação, foi para a escola no outono posterior à festa em Enniskerry, e Aileen teve todo um novo confronto com a realidade. A professora muito boazinha e muito jovem ouviu o que eles contaram e piscou duas vezes. Perguntou: "Podiam repetir isso tudo para mim?" Seán e Aileen então falaram com a diretora, que foi completamente tranquilizadora. Ela também lembrou a eles, a caminho da porta, que havia vinte e nove outras crianças na classe de Evie.

Em outubro, Evie teve um ataque na fila antes do toque da campainha e todo mundo armou uma grande agitação em torno dela. Mas havia uma menininha que foi realmente má, como Evie contou à mãe, com toda a sabedoria que uma menina de cinco anos é capaz de dominar: "Não é só eu, sabe?"

Eles riram quando ela disse isso, mas ficaram envergonhados também. Evie estava dizendo que aquilo podia acontecer dentro dela, mas que ela estava do lado de fora disso. Para ela não era uma questão de poesia ou de personalidade. Era apenas uma coisa ruim que aconteceu com ela e que queria que parasse.

Tinham de admirar a pessoa que ela era, aos cinco anos de idade, e esperar que nunca se perdesse. Aileen abrandou. Passaram a lhe dar outra droga, que aos poucos a deixou gorda e, talvez — mais uma vez, era difícil dizer —, um pouco incontinente. Os ataques pararam. Toda a ausência desapareceu. Talvez ela parecesse um pouco amortecida, embora pudesse ser uma ilusão devida a seu novo volume — e, além disso, ela estava crescendo. Também por fora. Quando a vi em Brittas, ela era outra pessoa. Dessa vez, Seán é que havia colocado a filha num regime — desconfio que por parecer *menos que classe média*. Ele achava que era apenas para equilibrar a medicação, mas é possível que Evie o irritasse mais, quanto maior ficava. Porque o picolé proibido aquele dia em Brittas tinha uma espécie de desespero embutido — o jeito como os dois se apegavam —, ambos apegados à infância de Evie a desaparecer, ali no deque de Fiona.

Nesse outono, por sugestão da dra. Prentice, diminuíram a dose e depois acabaram parando. Nada aconteceu.

Evie estava absolutamente bem — de corpo e alma. Era um pouco fechada, talvez; observadora e solitária. Havia, quando a encontrei no andar de cima no dia de Ano-Novo, um ar abafado e expectante, como uma criança que conheceu o perigo ou que fosse ligeiramente surda. Ela continuou livre de ataques: sua doença de infância estava terminada. De certa forma, nunca havia sido muito terrível. Ela tivera, no verão do regime de chantili, quatro ou cinco ataques grandes. O último tinha sido no pátio, no ano em que começou a ir à escola. Não teve mais nenhum problema até os dez anos.

E isso, pelo que posso dizer, é o que aconteceu com Evie. Mas não é toda a verdade. É apenas uma forma concentrada de verdade.

Porque, vamos falar com franqueza, desde o dia em que a menina nasceu, Aileen agiu como se Evie pudesse morrer a qualquer momento. O que ela descobriu, quando olhou nos turvos olhos azuis do bebê, foi medo, numa forma que não conhecera antes. E interromper a medicação de Evie foi fácil comparado a interromper a amamentação no peito, por exemplo, que foi uma grande produção só ligeiramente menos difícil do que a ópera em três atos de fazê-la pegar o peito pela primeira vez.

Mas, embora se possa pensar que Aileen o afastou, é verdade também, quando se calculam as datas (coisa que eu fiz), quando se fazem as conexões e se ouvem os silêncios, que Seán havia tido pelo menos um caso antes de Evie cair do balanço e bater os pequenos calcanhares no chão. Foi assim que de fato aconteceu, não foi? Quero dizer que no mundo real não existe um momento preciso em que um relacionamento muda, nenhuma relação clara de causa e efeito.

Ou o efeito pode parecer claro, mas a causa é mais difícil de identificar.

O efeito vem andando, muitos anos depois, quando você está jantando fora com seu novo parceiro e ela diz: "Nossa. Olhe só quem é."

Acho que esse primeiro caso dele foi com a mulher da Global Tax, aquela da conferência na Suíça. Comparando as datas, ela foi, em princípio, uma série de horríveis e ardentes pequenos encontros quando Evie ainda estava nas fraldas. A janelinha do coração dele, que se abrira na cozinha de Fiona quando ela acabara de engravidar de Jack — isso quando Evie tinha três anos. Então se nesse dia ele falou com Fiona sobre a tristeza da mulher, talvez a esposa tivesse uma boa razão para estar triste. A menos que não estivesse triste, claro, e ele simplesmente procurasse alguma coisa para falar.

Menina do chiclete, como gosto de pensar nela, aquela com esmalte nas unhas e as notas B em matemática, bebendo como alguém de vinte e dois anos e pendurada no peitoril por volta do momento em que o conheci em Brittas Bay. Penso no corpo dele na praia e me parece diferente agora. As pernas fortes, as costas firmes, parado na beira do mar, enquanto a esposa se desembaraçava de Evie na praia: os mamilos cercados de pelos que ele cobria com uma camiseta preta quando sentava e conversava, tudo me parece agora uma nudez diferente; sombreada pelo toque de outra mulher, envolto nos braços secretos dela. Que sem-vergonha arrogante. Não é de admirar que tenha se apoiado nos cotovelos daquele jeito e erguido o rosto para o céu.

Não sei por que eu deveria me preocupar com suas infidelidades a Aileen, principalmente considerando que eu era uma delas. Devo tomar isso como prova de que ele nunca a amou de verdade, embora eu ache que ele efetivamente a amou um dia. Será que amou minha irmã aquele dia em Brittas? Ou todas essas mulheres, o tempo todo? Não me importa.

Ele me ama agora. Ou me ama também.

Ou.

Eu amo Seán. E isso é tudo o que qualquer um de nós pode saber.

The Things We Do for Love

A primeira coisa que escuto de manhã é o telefone.

— Você vai trabalhar? — É Seán.

— Acho que sim.

— Certo — ele diz. — Obrigado.

— Onde você está? — pergunto, mas ele desligou.

Quando deixo o telefone cair sobre o edredom, descubro que ele também não está na cama a meu lado. São oito e meia. A luz lá fora tem algo vazio demais. Levanto-me no escuro do quarto e puxo a cortina de linho cinza, descubro o mundo achatado, monocromático.

Dou a corrida de inverno pelo quarto gelado, tomo uma ducha e me visto, pego o telefone, encontro uma mensagem:

"Pode pegar Ev no Foxrock?"

Respondo: "Tenho reunião. Vou a pé."

Não consigo imaginar como Evie pode ter saído de Enniskerry, que deve estar coberta de neve. As escolas estão fechadas. Não vejo nenhum carro na rua, e quando ligo a televisão há imagens de uma confusão gelada, de um caos silencioso. Nada se move, a não ser os tobogãs improvisados e as bolas de neve.

Seria de se pensar que nesse dia especificamente ela fosse ficar em casa. Mas não sei nada dessas coisas — a razão de Evie ficar ou as razões de ela ir —, existem forças profundas em ação, grandes imperativos. Precisamos avançar maciçamente, como uma rocha por uma falha geológica, temendo o terremoto.

Às dez e meia, outra mensagem de Seán, um tanto redundante: "Espere..."

"Nem respiro", escrevo — e apago em seguida.

Desde que a filha dele passou a vir à minha casa, a vida é uma longa batalha de arranjos: horários, locais, pegar, deixar, entregar. E tudo tem de ser feito pessoalmente. Por alguma razão, não é possível simplesmente pedir a alguém — mãe de amiga, professora de teatro, seja quem for — para pôr a menina num táxi. Quer dizer, quanto vale o meu tempo? Quanto vale o tempo de Seán? Sem dúvida mais que as dez libras da tarifa. Mas não se pode pôr filhas em táxis. Pôr uma filha num táxi é como pedir a um estranho que a moleste, *com o taxímetro.*

"Encontra com Ev 3h30 + ou –, rua Dawson??"

"ok. Quando volta?"

"ponto de ônibus 145"

"qdo volta?"

"tentando!!!!"

"Jura mesmo?"

Ele não responde.

Salvei a vida desse homem, mas há coisas que não tenho permissão — nem necessidade — de saber. A questão do dinheiro, por exemplo. Não sei se ele conseguiu se equilibrar em Budapeste, ou o que está acontecendo com sua casa na praia, que agora está à venda também. Justiça seja feita, ele não sabe também. Então, tudo bem. Está tudo bem, contanto que ninguém pisque, que ninguém se mexa. Enquanto isso, ela está lá na internet para qualquer um clicar e ignorar — as conchas no batente da janela em Ballymoney, e se houve um acordo de venda para Clonskeagh. Eu e Seán demos origem a uma ninhada inteira de placas de Vende-se. E ninguém está comprando nada. Não com essa neve.

Às onze, ligam para cancelar minha reunião, como eu sabia que ia acontecer. Seguro o telefone, olho para ele, pensando a quem mandar mensagem em seguida. E simplesmente o deixo de lado.

Penso que a coisa mais louca é eu não conseguir falar pessoalmente com elas, Aileen e Evie. Sou uma mulher adulta, com um emprego e um salário, e não tenho permissão de falar com quem, num capricho, pode arruinar ou salvar meu sábado. Não posso nem pegar o telefone.

Comento com Fiachra, é como se eu ficasse com toda a chatice e nenhum dos agrados. Não que eu queira agrados: Evie (será que só eu noto isso?) não é mais uma criança.

Tem quase doze anos. Evie teve um estirão de crescimento no outono passado e embora ela se meça em relação ao pai — no queixo! na orelha! na testa! —, para sua vaidade e deleite e aparente orgulho dele, isso ainda não se traduziu em reais centímetros cúbicos: isto de moça e isto de ar. Ela ainda não aprendeu o tamanho do corpo.

Então se senta no colo do pai, ou melhor, se joga no colo dele, como sempre fez, "Meu Deus, Evie", enquanto se encolhe para proteger as joias da família e tira o corpo de lado para a cabeça dela não quebrar seu nariz. Realmente não dá para ver Seán atrás de sua carne grande, branca, radiosa. Ela se veste como uma daquelas garotas que se veem vomitando numa lata de lixo no sábado à noite, com meias pretas rasgadas sob shorts de jeans (Aileen procura nas lojas baratas para ver o que ela vai vestir e tenta combinar com alguma coisa um pouquinho mais cara), e ela realmente se senta *em cima* dele e não em seus joelhos, e os dois são completamente felizes e naturais com isso, até não ser mais.

— Saia agora, Evie.

— A-ai.

— Saia!

Às vezes ele consegue, às vezes a deixa ficar. O rosto dela diante do dele é mais redondo, os lábios mais suaves, os olhos, embora da mesma forma e cor, são assustadoramente diferentes: há um ser humano inteiramente diferente ali dentro. Ela balança a perna e olha em torno, aérea, dona do pai contra todo o mundo, enquanto eu fico sentada e sorrio.

Na primeira vez que ela ficou em casa, permaneci na rua, andando por Galway debaixo de chuva, só voltei para casa quando tinha certeza de que ela havia ido embora. Foi em setembro. A casa estava no mercado havia exatamente um ano. No rádio do carro se ouvia que todo o dinheiro do país havia evaporado, dava quase para ver, o dinheiro subindo acima dos telhados como fumaça. E lá estava ela, essa pateta, sentada em minha cozinha; o preço que tive de pagar por amor.

Seán não percebia o absurdo da coisa, estava — como continua — completamente impotente quando se trata de Evie. Ele não vê nada além dela.

Então não pedi licença a ele no fim de semana seguinte, e simplesmente entrei às duas da tarde e encontrei os dois sentando para almoçar.

— Oi! — eu disse, animada.

Evie me ignorou, mas é possível que ela ignore todo mundo num primeiro momento.

O pai disse "Evie", e ela ergueu os olhos magoados.

— Você se lembra da Gina.

— Hum — ela disse.

E circulei pela sala em silêncio enquanto ela mexia no hambúrguer feito em casa, removendo a alface e o pepino, reclamando que não havia ketchup, exagerando na maionese.

Desde então, ela vem com bastante frequência. Nos encontramos de passagem. Evito sua raiva. Sou sempre breve. Sempre gentil. Durmo com o pai dela, enquanto ela dorme do outro lado do corredor. Todas as portas abertas para o caso de ela morrer no sono, mesmo sabendo-se que ela não vai morrer no sono. Mas eu acho que não faríamos amor mesmo que estivessem fechadas, nem mesmo em silêncio.

Saio do quarto de manhã e a encontro já ocupando o banheiro, ou passando depressa com pijama de flanela esfarrapado rosa-bebê. Cada vez que a vejo, ela cresceu — mas muito. É como topar com uma estranha diferente a cada semana.

À noite, escuto os movimentos dela no quarto de hóspedes, as cortinas puxadas, a fala macia enquanto ela arruma os bichos de pelúcia e a luz noturna e sabe-se lá o que mais, até seu pai — Evie tem quase doze anos, não esqueça — deitar ao lado dela e murmurar para ela dormir. Praticamente todas as vezes ele adormece também e eu não posso bater na porta, nem olhar para dentro e acordá-lo: não posso arriscar. Então eles ficam deitados, encaixados, desamparados e absolutamente satisfeitos, enquanto eu sento e assisto merda na televisão.

Ela começou a vir em setembro e as viagens e excursões se esgotaram em meados de outubro, então os dois ficam em casa e não conseguem tomar decisões; Evie choramingando *Eu só quero ficar com meus ami-igos.*

Para um homem que é louco pela filha, Seán passa muito tempo dizendo a ela para se afastar. Talvez todos os pais façam isso.

— Vá e faça alguma coisa — ele diz, quando ela espia por cima de seu ombro a tela do laptop, comendo uma maçã ao lado do ouvido dele. — Por que está parada aí? — Ele a manda sair e comprar doces, depois diz que ela não pode comer doces. Ele a manda sair para tomar um *smoothie* em vez de doces. Diz "Vá se divertir" quando não há ninguém com quem ela se divertir. Ele a manda ir ler um livro, embora ele próprio nunca leia; nunca o vi com um livro na mão. Então ela joga Nintendo e ele diz para ela não jogar tanto Nintendo.

— Pare de mexer nas coisas, Evie.

Não há como parar as mãos dela, sempre exigentes.

Notei isso na primeira vez que saímos juntas de casa e caminhamos pelo parque Bushy com o cachorro novo de Evie (o cachorro é outra história: não quero nem começar a falar do cachorro). Ela acompanhava cada parede com a ponta dos dedos, lisa ou áspera; deixava os dedos deslizarem nas cercas vivas e arrancava folhas dos arbustos.

Era como se estivesse testando os limites de seu mundo; encontrando o ponto onde os objetos começam e o espaço termina.

— Não tem por que tocar a parede, Evie.

Seán parecia temer que ela pudesse raspar as pontas dos dedos — e havia outra coisa também, alguma ideia de contaminação; se ela ia sujar as coisas ou ficar suja por elas. Seán é, como sabemos, do tipo limpo e Evie joga com sua repulsa nas menores coisas. Ela não faz nada que seja realmente tabu, não ia conseguir se safar com isso; além disso, está numa idade modesta. Extremamente delicada sobre sua fisicalidade galopante, ela nunca discute sexo e acha que os adultos são absolutamente grosseiros quando tentam.

— Ah, por favor.

Mas ela coça a cabeça com a ponta de um livro. Deixa marcas pegajosas nos teclados, controles remotos e telefones. Ela joga o cabelo, ou chupa o cabelo, se sente imensamente incomodada com o sutiã — no que tem todo meu apoio, é uma prisão perpétua — e está constantemente levantando e arrumando a calcinha. Ela também — e isso me incomoda — chupa o muco do nariz em vez de usar um lenço.

À sua maneira, é tudo fantástico de tão eficaz. Embora ela pareça desamparada, e talvez seja, é também o jeito melhor e mais rápido de abalar o pai.

— Evie, por favor!

— O quê?

Ela sabe também, como se fosse fruto de longa contemplação, o caminho mais exato e simples para o coração dele. Não só olhando com aqueles olhos cinzentos, que seduziriam qualquer um, que quase seduzem a mim. Não só indo bem na escola e sendo ostensivamente avessa a rapazes. Não, Evie ficou amiga da menina mais rica da sala. O que, na classe de Evie, em County Wicklow, quer dizer muito rica. De fato, o pai da melhor amiga de Evie (loura, como a mãe, com lindos joelhos esguios) é proprietário de casas e hotéis, tem blocos de apartamento inteiros, de Tralee a Riga.

O nome dela — e é preciso admirar seus pais por isso — é Paddy.

Estão fazendo juntas um projeto sobre piolhos de cavalos. Paddy está fornecendo os cavalos. Não perguntei a Evie quem está fornecendo os piolhos.

E às vezes também eles são perfeitos: sentados no sofá, assistindo a *Father Ted*, ou ao ar livre, ou o jeito de conversarem no carro, porque conversar é o talento de Seán, e com sua filha não há charme, nem culpa, há apenas Seán. Escuto a calma no tom de sua voz com ela e penso: *Ele não fala assim comigo.*

Ele não me leva pela mão. Ele me faz cócegas, depressa, para me tirar da sua frente. Ele não dança tango comigo no corredor, nem me arqueia para trás. Ele não acorda de noite, pensando em mim.

Eu salvei sua vida.

De quê?

— Você salvou minha vida — ele disse.

Mas, se você me perguntar, não é uma ou outra mulher que é a salvação de Seán. É a mulher que ele ama, mas não pode nunca desejar. É Evie.

— Tire esses fones de ouvido, Evie.

Evie ausente ou sonhando na frente de um monitor ou de um livro. Evie que não focaliza, que não se mexe, que não faz as coisas.

Evie empacada na frente do espelho, horas e horas, produzindo pelos e neuroses, amuada de tudo brotar. E parece tão injusto, estar pululando com hormônios quando ainda usa pijamas da Hello Kitty; é como se ninguém estivesse dizendo a verdade, ou ninguém soubesse que verdade dizer.

Topei com ela uma noite. Evie sempre deixa a porta aberta quando está no banho — *Ainda está viva aí dentro, Evie: não foi embora pelo ralo?* Geralmente, ela fala — basta a sensação da água quente para fazê-la falar — e o pai a deixa tranquila; ouvindo, ou fingindo ouvir, deitado em nossa cama do outro lado do corredor.

Mas nessa noite ela estava quieta e, entre uma sentença e outra, entrei no banheiro.

Evie puxou a esponja para cobrir os pequenos seios nascentes e olhou para mim com grandes olhos cinzentos.

— Não ligue para mim! — eu disse, atravessando o banheiro para pegar o que eu precisava, fosse lá o que fosse, de dentro do armarinho.

No outono, Evie parecia estar ficando mais e mais roliça, mais e mais gorda, e depois disso veio a incrível explosão dessa carne extra em cintura, quadris, seios — embora, pelo que eu me lembre, os seios não dão a sensação de gordura, nessa idade, dão a sensação de cartilagem suavizada. Mas pareciam, pelo que vi no banho, enternecedores e simples.

Não há nada pior do que ter quase doze anos.

Evie está nesse momento. Seu corpo está no momento em que é errado olhar para ela, errado pensar em sua nudez, quando seria criminoso tirar uma fotografia. Seu corpo está se tornando dela. Seu corpo está se tornando solitário. Seu pai, que costumava lhe dar banho e enxugá-la, agora fica deitado olhando o teto, do outro lado do corredor.

— Enxaguou, Evie? Enxague até o cabelo guinchar.

Ele tinha levantado da cama e estava parado na porta quando saí do banheiro. Ergui as mãos num arremedo de abraço — porque isso tudo era normal também — e ele assentiu com a cabeça e virou-se.

E de repente estou apaixonada por Evie. Quero pegá-lo pelos ombros e explicar que meu ciúme é uma espécie de amor também. Porque, quando eu tinha a idade dela, meu pai estava sentado na cama de uma clínica divertindo-se com o fato de que todas as mulheres eram então igualmente sem nome para ele.

— Olá, queridas, a que devo o prazer?

Quero dizer a ele que Evie tem sorte de tê-lo como pai, que ele, Seán, constitui toda a sorte dela. Porque, depois que Miles morreu, nada deu certo, a menos que nós fizéssemos dar certo; todas as bênçãos e plenitude, todas as alegrias inesperadas, vinham do amor dele — patético como era às vezes e às vezes imenso. Depois que Miles morreu, tudo foi muito trabalhoso — casar com Conor, casar com Shay — e nada vinha grátis ou imerecido a nenhuma de suas filhas.

Chorei essa noite. Não sei se Evie me ouviu; a mulher estranha chorando ao lado do pai dela naquela casa estranha. Abafei a maior parte no travesseiro; a mão de Seán acariciando minhas costas. Eu dizendo: "Desculpe, vai passar. Desculpe."

Lá estava ela no café da manhã, uma criança crescida demais outra vez; a bunda branca aparecendo no pijama rosa. Ela catou as nozes da granola e deixou-as empilhadas na mesa ao lado da tigela.

Seán disse: "Coma, Evie."

Eu perguntei: "Quer um ovo?"

E Evie disse: "Detesto ovo."

* * *

E no entanto, se não fosse por Evie, não estaríamos aqui. É isso que eu acho.

Beijei o pai dela no andar de cima da casa dele e Evie ergueu as mãos ao lado do corpo e correu para nós dizendo "Feliz Ano-Novo, papai!", e ele se abaixou para beijá-la também.

Para Seán, nada aconteceu nesse dia. Mantenha tudo simples e você vence, ou, se não vence — como ele gostava de dizer —, ao menos estará tudo simples. Mas algum tempo depois daquele beijo, entre uma tarde de hotel e outra tarde de hotel, Evie começou a desaparecer.

Difícil dizer como uma menina tão constantemente cuidada conseguia uma coisa dessa. Da primeira vez, eles nem notaram; a coisa caiu sobre eles. Evie simplesmente não estava onde deveria estar. Ela parecia ter se perdido subindo a escada. Ela não aparecia para refeições e era encontrada em seu quarto, ou no quarto da babá, ou no jardim, sem casaco. Um dia, por volta da época em que minha mãe morreu, ela não chegou da casa de Megan. Era uma caminhada de uns trezentos metros por uma rua campestre que até mesmo Evie tinha permissão de fazer sozinha.

— Quando ela saiu? — Aileen perguntou a Fiona pelo telefone: duas famílias saindo de suas casas, embarcando em quatro carros, depressa descendo de ré para a rua. Encontraram-na quase imediatamente. Ela estava parada ao lado da rua, como num ponto de ônibus imaginário, sem nenhuma noção de que sua caminhada havia sido interrompida, ou demorado demais.

— O que está fazendo, Evie?

— Estava só olhando.

Até certo ponto, era só o jeito dela. *Pare de perder tempo, Evie.* Desde os três anos, Evie não conseguia descer de um carro sem fazer uma pausa infindável antes de saltar. Portas a faziam empacar. Todas as jornadas eram difíceis não para ela, mas para as pessoas em torno que não conseguiam entender direito como ela conseguia fazer tudo ir mais devagar.

Vamos, Evie. Então isso não era nada além de mais um fracasso em crescer, da parte dela. Então, um dia, ela se perdeu da mãe no shopping center Dundrum e quando Aileen, desesperada, a encontrou ao lado das fontes, ela não foi capaz de dizer onde tinha estado.

— Eu estava — ela disse — não sei onde.

Seán não estava em posição de achar que havia um problema. Sua vida comigo tinha assumido certa importância no momento; ele era um homem que tentava manter o equilíbrio. Além disso, ele "simplesmente não ia fazer isso, dessa vez". E embora falasse de Evie comigo pelo telefone naqueles longos dias à toa depois da morte de Joan, ele não ouvia Aileen — não conseguia ouvir — quando a máquina de pânico entrava em funcionamento outra vez.

— Ela está bem — ele disse. — Só está crescendo. Está bem.

Depois, um sábado após as férias de verão, Evie não saiu da aula de teatro. Seán, que tinha ido buscá-la, esperou, conferiu o relógio. Ele entrou até onde a professora estava aprontando suas coisas e descobriu que Evie, embora deixada na porta, não tinha aparecido na aula aquele dia. Começaram a vasculhar o prédio, os dois, então Seán resolveu tentar fora. Correu para a rua e subiu a ladeira, passando por prédios, portas e garotas fumando no ponto de ônibus, entrou no shopping, onde desceu a primeira escada rolante e chegou ao átrio central, onde parou, e olhou para um mundo modificado, cheio de ângulos, portas e possibilidades que ele nunca tinha visto.

Queria gritar o nome dela, mas não gritou. Encontrou um segurança que resmungou no intercomunicador, depois anotou um número de telefone e o aconselhou a telefonar para a polícia local. E Seán ligou, parado na rua, olhando ônibus, carros e velhas com andadores cuidando de seus interesses. O homem que atendeu pediu para ele esperar na linha. Depois, uma voz de mulher. Devo estar soando mal, pensou ele, se me mandam uma moça.

— Pode descrever sua filha?

A mera palavra "filha", do jeito como ela a disse, fez com que parecesse um mentiroso. Ele se sentiu como alguém que estava a ponto de ser descoberto.

— Ela tem olhos grandes — disse.

Houve um silêncio do outro lado da linha.

— Tenha calma, meu senhor. Pode dizer a cor dos olhos dela? — Nesse ponto ele fez aquilo; se transformou numa pessoa capaz de descrever a filha com palavras que se escutam no noticiário da noite: idade, altura, cor do cabelo.

— Como estava vestida?

— Tenho de perguntar para a mãe dela — ele respondeu. E assim que cortou a ligação, Aileen estava na linha.

Durante uns momentos, ele não entendeu, não apenas as palavras que ela dizia, mas a voz dela mesmo — ela podia estar falando dinamarquês —, então, de alguma forma, ele entendeu que Evie tinha telefonado para Aileen, ou Aileen tinha telefonado para Evie, e ela estava no teatro, onde deveria ter estado o tempo todo.

— Passou a aula inteira no banheiro?

A que Evie respondeu:

— Não! — E depois: — Devo ter passado.

Não havia o que fazer senão voltar aos médicos — a mesma série de indicações e infindáveis listas de espera, a mesma vigilância e ansiedade matinal, Aileen na internet toda noite, procurando no Google "ausências", "lesões", "puberdade"; invocando isso tudo.

Quando finalmente se viram de volta à dra. Prentice — Aileen disse que foi difícil "não pular no pescoço da mulher" —, Evie tinha muito pouco a dizer.

Ela respondeu a todas as perguntas e não deu nenhuma pista.

— E o que você acha que está acontecendo, Evie? — a médica perguntou, afinal, e Evie deu a ideia de que seu cérebro podia estar esquisito. — Esquisito como?

Evie, que nessa altura sabia mais sobre o cérebro humano do que a maioria das crianças, disse: "As duas metades, os hemisférios, sabe?, parece que não juntam direito."

A dra. Prentice apertou os lábios e baixou os olhos, depois levantou a cabeça e, com grande clareza e tato, discutiu as anomalias do caso de Evie e sugeriu — enfaticamente — que, *ao lado* de seus exames e investigações médicas, levassem Evie para uma "avaliação psiquiátrica".

Era isso o que estava acontecendo, no Natal em que saí para andar pelas ruas desertas da cidade. Deram-lhe um computador e disseram para não passar muito tempo no computador, soltaram fogos e a abraçaram, alternando-se nos cuidados.

Eu desconfio que, depois disso, Aileen finalmente confrontou Seán com as coisas que sabia — mas não se permitia saber — havia anos. Desconfio que ela o chutou para fora de casa. Porque se deu conta de que as mentiras que diziam um para o outro estavam acabando com a cabeça de Evie.

Ou talvez ele tenha dado o fora, exatamente pela mesma razão.

É difícil dizer. Seán conta uma história diferente a cada vez, e ele acredita de um jeito diferente a cada vez. Mas o fato parece ser que, no momento em que parecia mais importante que eles ficassem juntos, por Evie, fosse também vital que se separassem, por Evie.

Nos últimos dias de março, sentaram-se numa sala cheia de horrendos bibelôs de porcelana e discutiram sua filha com um lêmure de mulher — toda olhos e mãozinhas rápidas — que vinha tratando de Evie, com altos custos, durante os últimos dois meses. Ela olhou para eles e inclinou a cabeça.

— Agora. Vamos falar de vocês, certo?

Não certo.

E em algum momento da semana seguinte, Seán Vallely saiu de sua casa com nada, nem mesmo um paletó, pegou o carro e no meio da noite veio dar na minha porta.

Era uma noite de semana: uma noite normal sem ele. Deviam ser duas da manhã. Acordei com a campainha e o bater da caixa de correio. Seán estava agachado, dizendo meu nome, tentando não acordar os vizinhos.

Eu mesma não estava completamente acordada. Achei que alguém tinha morrido. Então lembrei que Joan já estava morta: não me restava ninguém mais, a não ser Fiona. Então era minha irmã — embora parecesse tão improvável; de alguma forma, Fiona não era do tipo que morre. Abri a porta e ele estava parado ali fora, na chuva. E a primeira coisa que eu disse foi:

— Ela morreu?

— Posso entrar?

— Ah, desculpe.

Ele entrou — não muito —, atravessou a soleira e se encostou na parede. Cada pedaço do rosto molhado, então eu o beijei e senti o gosto da chuva.

Eu disse para Seán uma vez — disse que se não fosse por Evie não estaríamos juntos — e ele olhou para mim como se eu tivesse blasfemado.

— Não seja boba — ele disse.

No entender dele, não há uma causa: ele chegou à minha vida como se erguido e empurrado por uma onda do mar.

Nesse caso, o quarto de Evie é como alguma coisa depois que a maré passou: penas sujas, pedaços de papel, incontáveis restos de plástico barato, indescritíveis, e alguns que são bem caros.

— Sabe quanto custam essas porras dessas coisas? — Seán pergunta, examinando a sujeira compactada do saco do aspirador de pó, em busca de um jogo do Nintendo dela.

Por outro lado, as minhas coisas não importam. Um pó compacto Chanel, rodando pelo chão, meu celular derrubado do braço do sofá, a bateria para sempre temperamental.

— Nossa — diz Evie.

Ela não diz "desculpe", seria pessoal demais.

Evie sempre foi um tanto desastrada, dissimulada; cotovelos muito próximos do inconsciente. A certo ponto, iam levá-la para examinar se não tinha dispraxia, com o que querem dizer apenas "desajeitada", mas garanto que a vi se movimentar com grande finura. Nesta casa, ela só é desastrada com coisas que pertencem a mim.

Ela não come nada do que se pede que coma, e come tudo o que é proibido. Mas come. O que considero um pequeno milagre. Ela rouba, sorrateira, se empanturra. Ela espera — na verdade, um pouco como eu também — até seu pai não estar. O lugar onde mais nos encontramos é na porta da geladeira.

Dois meses atrás, quando Seán estava na academia e Evie reclamando que eu havia acabado com a maionese, joguei minha bolsa em cima da mesa da cozinha e disse: "Por que você não sai e compra a porra da própria comida?"

Nada bonito, mas sincero.

Evie olhou para mim, como se me visse pela primeira vez. Mais tarde, no mesmo dia, ela me disse algo que não era apenas um choramingo, tipo, "por que você não tem Sky TV?".

Ela disse: "Não dá para acreditar o tanto de sapatos que você tem."

E eu tive de sair da sala e enfiar a mão na boca, fingir que mordia, atrás da porta.

Procuro minhas botas de caminhada e acabo por encontrá-las numa prateleira, embrulhadas numa sacola de papel que veio desde Sydney. Não as uso desde então: minha vida, ao que parece, deu uma virada que só pode acontecer de salto alto. Tiro as botas da sacola, e a poeira vermelha da Austrália cai no chão da cozinha. Minhas botas de sonho. Eu as calço e saio.

A neve da tarde tem uma crosta brilhante que cede sob os pés quando atravesso o jardim, abro o portão e me junto a todas as outras pegadas do caminho até a cidade. A lama de neve congelou de novo, à sombra, e a dificuldade me faz baixar os olhos constantemente. Dou um passo traiçoeiro depois do outro, e durante o primeiro momento não consigo deixar de vociferar.

É difícil, ficar em segundo lugar depois de uma criança — já era bem ruim ficar em segundo lugar depois da mãe dela —, e me lembro do que Seán disse sobre mim em seu relatório para a Rathlin Communications (agora falecida — que ironia), quando dei uma espiada e li que ele havia escrito — claro que havia muitos elogios também — que eu era "mais adequada para uma função secundária".

Aquilo machucou.

Eles me subestimam, pensei. Subestimam minha tenacidade.

Na rua Rathmines há cascalho sob meus pés e a calçada foi varrida pelos passos. Não há muitos carros, mas os ônibus estão circulando e deixam blocos de lama de neve suja de cada lado da pista.

Passo pela alameda Observatory, uma pobre fileira de lojas, a alameda BlackBerry; os campos de rúgbi em frente a St. Mary cobertos de neve. As nuvens se abriram, o céu está alto e azul, a cúpula verde da igreja da Rathmines ainda encimada de branco. O canal corta uma linha reta debaixo da ponte, a água negra reflete a água congelada das margens e me alegro pelo ar fresco, minhas botas de sonho me levando para o centro de Dublin. Me lembro do primeiro aborígene que vi, talvez depois de uma semana em Sydney, como ele era preto e como era pobre: a gente viaja para tão longe para se dar conta de que é tudo verdade, tudo, como meu pai dizia em seus últimos dias: *É como você sempre desconfiou que fosse.*

Mas não estávamos errados de ter esperança, eu e Conor, naquele nosso tempo na Austrália. E não estou errada de ter esperança agora: de me apegar a Seán, de amá-lo e tentar amar sua filha.

Ela está lá no ponto de ônibus, conforme o combinado, falando ao telefone. Eu a reconheço imediatamente e vejo, depois, o que ela é: uma estudante que não tem permissão de andar sozinha pelas ruas do centro da cidade — nem mesmo na neve, quando os monstros à espreita de meninas de escola sem dúvida estão pensando em outras coisas. Sinto vontade de levá-la para beber. Sinto vontade de dizer para ela pular fora agora, enquanto ainda está tudo indo bem. Não se dar ao trabalho de crescer.

Volte! É uma armadilha!

Ela me vê e guarda o telefone. Vejo que neste dia tão frio ela não está usando quase nada. Saia curta de jeans, meias opacas, uma jaquetinha de algodão preta, um cachecol de algodão listado com enfeites na borda e fios metálicos. Sua única concessão ao clima gelado são luvas pretas sem dedos e botas Ugg. Talvez o casaco esteja na mochila. Só posso imaginar a briga antes de ela sair de casa.

— Ugg! — digo ao chegar perto. — Todo mundo passa por isso.

E ela responde com um sorriso sofredor.

Estou começando a entender os silêncios de Evie, que vêm em muitas variedades. Sua conversa, por outro lado, é infindavelmente a mesma: difícil de ouvir e mais difícil ainda de lembrar. Não sei como Seán continua são. A conversa compreende sobretudo opiniões, quando ela passa de gostos e desgostos do tipo o que escolher na MTV: não gosto disto, gosto muito daquilo. Minha amiga Paddy disse que gosta muito disso, e eu, tipo, "como você pode gostar disso?". Tudo misturado a cenas de filmes, alguns pequenos problemas sobre o futuro do planeta, e alguns grandes problemas sobre o jogo de dragão que ela costumava jogar na internet, mas não joga mais porque não *rola* mais para ninguém. Ela está muito ligada no que *rola*. O que mais *rola* para ela é a injustiça — é uma militante ardente pela igualdade, antigrifes, antibullying —, sua amiga Paddy diz, concorda com ela em tudo (sua amiga Paddy diz, no mesmo fôlego, *sempre* viaja na classe executiva).

Sinto que o mundo podia ser melhor se fosse conduzido por meninas de quase doze anos, com a habilidade que têm de ser plenamente morais e plenamente venais ao mesmo tempo. O capitalismo sem dúvida vicejaria.

— Quer dar uma olhada nas lojas? — pergunto e recebo uma resposta alerta, quase animal.

— Ok.

— Aonde quer ir?

Descubro que dar uma olhada nas lojas significa dar uma olhada nas lojas que vendem sabonete barato, ou ecológicos ou recém-fabricados.

Atravessamos a rua Grafton em silêncio.

— Pegou o ônibus direitinho?

Até passarmos por um bebê num carrinho.

— Olaa — ela faz.

O interesse de Evie em bebês é tamanho que poderia despertar preocupações, só que ela tem interesse duplicado em cachorros.

Não pode passar por um bebê sem viver um momento na pele dele: "Ele não gosta do frio", diz, ou "O gorro está em cima dos olhos dela", ou só "Olaa", acho que ela é incomum nisso e não sei onde vai terminar.

— Tem notícia de seu pai?

— Hein.

— Ele disse quando ia voltar?

— Acho que ele disse que estava no avião.

Eu a deixo com as fileiras de frascos perfumados; o desrosquear de tampas, as cheiradas e as pequenas fricções que a loja exige. Hidratantes, tonificadores, esfoliantes: ela está fora do seu território, percebo, um pouco decepcionada com tudo aquilo.

— Acho que está na hora — digo — de você jogar mais alto. — E a levo mais adiante na rua, para uma das lojas elegantes, com uma prateleira de perfumes que ela estuda com calado interesse. O que ela finalmente escolhe se chama Sycomore, que é exatamente o que minha mãe teria escolhido, e isso me faz sentir deslocada e estranha.

— Minha mãe gostava desse — digo.

E ela me dá um olhar significativo, como se dissesse que pessoas da minha idade não deveriam ter mães. Como, de fato, não tenho.

— Minha mãe — continuo, porque estou tentando abrir caminho contra alguma coisa aqui — não compraria o perfume, claro. Ela só experimentaria, como fazia cada vez que vinha à cidade, e depois resolveria que não era, sabe, o perfume certo.

— Legal — Evie diz.

Uma vendedora fabulosamente alta nos rodeia e passa.

— Pois não? Gostariam de alguma coisa?

Evie gesticula com o frasco, num vago pedido de desculpa, dizendo: "Só estava dando uma experimentada grátis."

E seguimos adiante; eu a empurro pela cintura, nós duas tentando não dar risada.

Eu a levo ao balcão de cosméticos da MAC e ela olha para mim como se isso não pudesse ser permitido. Mas não dou atenção. Ela é alta o suficiente para passar por qualquer idade, se quiser — isto é, se conseguir fazer a expressão certa, com aquela cara grande, honesta.

É sexta-feira à tarde e, apesar do clima, o lugar está lotado. Estamos no meio de uma porção de garotas que se movimentam em câmera lenta se aproximando e recuando de um labirinto de espelhos verticais, transformando sua incerteza em uma pincelada disto, um traço daquilo. Elas mudam para o próximo pincel e poção, e se inclinam devagar outra vez: predatórias, arrebatadas.

— Você sabe o que quer? — pergunto.

Evie vai direto para uma coleção de bases, escolhe uma dois tons mais claros e aplica o pincel, friccionando forte. Eu me pergunto qual ritual privado levou a toda essa habilidade — desconfio da mão de Paddy — quando ela recusa o brilho, o blush, o bronzeador, em favor de um pó que é ainda mais pálido e um delineador grosso.

— Fabuloso — digo.

Enquanto isso, experimento duas bases diferentes, do mesmo tom, com diferentes texturas, uma em cada face.

Ela escolhe uma sombra do mais profundo roxo porque, diz ela, faz a cor de seus olhos "aparecer".

Nunca sei se Evie vai ser bonita. Aperto um pouco os olhos, tentando adivinhar como ela vai se metamorfosear ao longo dos anos; o nariz um pouco mais forte, o queixo mais firme. Mas não consigo captar: seus traços cambiantes se afastam uns dos outros e seu futuro rosto se desmancha.

Todas as crianças são bonitas: a coisa que fazem com os olhos que parece tão incrível quando examinam você, ou parecem examinar; é como ser olhado por um alienígena, ou um gato: quem sabe o que eles enxergam? Então, Evie é bonita porque é criança, mas é bastante comum também. A maquiagem realça isso nela, talvez pela primeira vez: as maçãs do rosto nunca serão grande coisa, acho, e o nariz é um pouco grosso. Embora ela ainda tenha aqueles lindos olhos observadores.

— Megan curte maquiagem? — pergunto.

— O quê?

— Megan. Minha sobrinha.

Ela não responde. Talvez as relações sejam duras demais para ela. Evie responde então:

— Megan está curtindo mesmo é mangá.

— Não use isso — digo. Ela abriu um batom tão roxo que é quase preto.

— Não?

— Não.

— Por que não? — *Porque seu pai vai me matar.*

— Elas podem ter herpes.

Ela me olha nos olhos.

— Não têm não!

De repente, imediatamente, ela está louca por uma briga. Tenho um relance do que a mãe dela deve aguentar atualmente — só que eu recebo o oposto. Entendo que ela pensa: *Você não é minha mãe!*

Emoções tão violentas. E não tenho resposta.

Ela está certa: é uma coisa boba de dizer e não sou mãe dela. Não tenho nenhum direito. Não posso espelhar seu humor, ou devolvê-lo para ela. Vejo os próximos anos de minha vida, recebendo qualquer coisa que ela queira atirar em mim; um receptáculo mudo para seu ódio.

Digo:

— Nossa, rímel azul.

Evie deixa o batom.

— Onde?

Eu dou uma escapada e compro o delineador para ela, como suborno, acho (mais dinheiro sujo), mas funciona. Ela fica deliciada. Evie sempre foi fácil de agradar e a adolescência não mudou isso. Ela esfrega e limpa quase toda a maquiagem: "Fica sempre melhor depois que a gente espera um pouco", digo, e voltamos para a rua Dawson, conversando sobre tatuagens, piercing na orelha, tintura de cabelo e o número de pontos exigidos para entrar em veterinária atualmente.

— Sua mãe — digo, de um jeito paliativo, pelo menos uma vez. Talvez duas. Quem sabe três vezes.

"O que sua mãe diz?"

"Eu perguntaria isso à sua mãe."

"Acho que sua mãe não vai gostar."

A esposa zumbi está de volta.

Está frio de gelar. Eu a levo até um café delivery e me dou conta, na fila, de que ela é jovem demais para café.

— Às vezes, eu tomo chá de hortelã.

Acho que eu tomava café na idade dela, chá com certeza — posso estar errada. Minha mãe morreu, então não tenho quem possa me esclarecer isso.

Depois de muito espiar rótulos e letreiros, Evie escolhe chocolate quente. Tira a bolsa de dentro da mochila e procura o dinheiro dentro dela.

— Não, não precisa se preocupar.

Pago no caixa, me lembrando do dia em que Aileen esvaziou a conta conjunta deles — que divertido foi aquilo. Como ela criou uma menina de coração tão cândido?

É estranho para mim que Evie não se lembre de si mesma quando criança, mas eu me lembro dela: Evie no jardim de Fiona, Evie na praia. É como se ela estivesse sempre se entregando, guardando tão pouco para si mesma.

Entrego a ela o chocolate quente, pego sua bolsa e, como parece estar frio lá fora, nos acomodamos numa mesa e conversamos sobre cachorros.

Evie conta que, quando seu pai era menino, tinha um setter vermelho que roubava ovos, a boca tão delicada e macia que conseguia trazer os ovos para casa sem quebrar a casca.

— É mesmo? — digo.

Conversar com crianças tem algo tão formal: você tem de ser muito polida. É o único jeito que elas entendem.

— Você sabe treinar um cão de guarda? — ela pergunta.

— Não sei, não. Você sabe?

Evie está sempre se corrigindo. Porque tudo o que diz sai na ordem errada.

— Quando meu pai era pequeno e eles tinham um cachorro. Alguém tinha um cachorro e trancou no porta-malas de um carro. E no primeiro dia que passaram pelo porta-malas o cachorro latiu, aí no segundo dia bateram no porta-malas e o cachorro pirou, aí, talvez no quarto dia...

— Quatro dias? — pergunto.

— Eu sei — diz ela. — No quarto dia, o cachorro estava absolutamente quieto e abriram o porta-malas.

E ela começa de novo.

— Não, o *novo* dono do cachorro. Se você quer que o cachorro mude de dono. Porque cachorro de guarda é treinado para proteger só uma pessoa e ataca todo o resto. Então eles deram para o dono novo um pedaço de carne e ele teve que abrir o porta-malas.

— Nossa.

— E o cachorro não conseguia nem enxergar direito porque tinha ficado no escuro, então ele só pega a carne e lambe a mão do dono novo e aí fica gostando dele para o resto da vida.

— Ele te contou isso?

— Foi.

— Seu pai? — pergunto.

— O quê?

— Seu pai fez isso com um cachorro?

— Quando era criança.

— Quem trancou o cachorro no porta-malas?

— Não sei quem foi — ela diz.

Olho para essa menina e penso nos dias e semanas, nos meses de minha vida que passei esperando o pai dela me telefonar. Será que ela deveria saber disso?

Quero contar a ela que uma noite fiquei sentada no escuro na frente da casa dela, agarrada ao volante, enquanto ela dormia a dois metros de mim. Imaginei o pai dela atrás daquelas paredes de tijolo, não conseguia me mexer pela intensidade da minha imaginação: Seán num lugar ou outro, fazendo alguma coisa, ou outra coisa, que era difícil de sentir ou descrever. Passei horas me enviando para ele. E sabe de uma coisa: ele podia nem estar lá.

— Então, fale mais de cachorros — peço.

— Do meu pai?

— É. Por que não?

— A mãe dele tinha um springer spaniel que correu para baixo de um carro e ela falou que ficou tão triste que nunca mais ia querer outro.

— Sua avó?

— Minha vó.

— Certo. Você gosta da sua vó?

— O quê?

Seán iria me matar se me ouvisse perguntando isso a ela. É uma grande violação e eu realmente me divirto. Não sei o que estou roubando, mas é pirulito de uma criança, disso eu sei.

— Como ela é, a sua vó?

— Minha vó?

— Ela é meio ruim?

— O quê?

E sinto vontade de me inclinar sobre a mesinha e dizer: "Seu pai não é quem você pensa."

Claro que não digo, o que digo é:

— Está bom o chocolate?

— Hummm.

Não é preciso falar do pai para Evie. Ela o conhece melhor que ninguém, porque o ama mais que ninguém. Os fatos sobre ele — seus beijos e suas mentiras, seu charme e seus erros — o que interessam a Evie?

O que interessam a mim?

Digo:

— Eu lembro quando você era pequenininha.

— É?

— Muito antes do seu pai e eu. Quer dizer, muito antes de qualquer coisa. Você era assim.

— Como eu era?

Olho para ela. As pupilas de Seán são circundadas de ouro tão pálido, quase branco. Nas de Evie, o cinza dá lugar a uma explosão de âmbar bem intenso.

— Você era bem você mesma, na verdade.

— Quantos anos eu tinha?

— Quatro ou cinco.

Ela olha pela janela.

— Tem vídeos — ela fala. — Mas estamos com o carregador errado.

— Você era superengraçadinha.

— Era? Acho que os vídeos eram para o médico principalmente.

— Bom, todo mundo se preocupava com você, meu bem.

Sinto o impulso de beijá-la, logo ali onde cessa o seu cabelo preto e a pele de suas orelhas se transforma na pele da bochecha.

Pergunto se ela se lembra de ter estado doente e ela diz que sim, embora eu não saiba se é verdade — afinal, Evie tinha apenas quatro anos. Ela diz:

— Eu tinha uma sensação horrível no estômago, como se tivesse feito alguma coisa errada, e aí, Bam. Achava que um gigante tinha pisado na minha cabeça. Mas antes, um segundo antes, era muito gostoso. Era assim "vem vindo. Vem vindo o pé".

— Você deve achar isso por causa da palavra "*fit*". Vem vindo o "*fit*".*

Ela fica em silêncio.

— Em casa não diziam "*fit*" — ela fala. — A gente dizia "*seizure*".**

— Claro — digo (talvez porque é preciso ser polido com as crianças). — Desculpe.

— Mas eu não fazia nada errado.

— Claro que não.

---

* *Fit* é "ataque" e soa quase igual a *feet*, "pés". (N. do T.)
** *Seizure* é "crise". (N. do T.)

— Só que eu ficava tão chateada. Fazia xixi na calça e tudo.

— Termine o chocolate. Temos de ir.

Ela segura o copo de papel com duas mãos enluvadas e bebe, deixando um V raso de chocolate no lábio superior. Olha para mim por sobre a borda do copo. Pergunta: — Gina é abreviação de quê?

— De nada. Minha mãe gostava do nome, só isso.

— É bonito.

— Obrigada.

Evie vai ficar bem, penso. Apesar de tudo. Apesar de todos os nossos esforços, eu poderia dizer, a menina deu certo.

Saímos à rua e olhamos o céu escuro, peneirando neve.

— Vamos tomar um táxi? — pergunto. Dane-se. Mas Evie diz:

— Meu pai ainda não voltou para casa.

— Aonde você quer ir?

— Bom, *eu* não sei.

— Vamos andar um pouco. Quer andar?

Pego sua mochila e vamos para Stephen's Green. Entramos por um portão lateral e começamos a atravessar o parque, na direção do ponto de ônibus de Earlsford Terrace. Não falamos muito. Evie arrasta as solas da bota de um jeito que me incomodaria se eu fosse sua mãe, mas não me incomoda muito.

Atravesso a cidade que escurece com o lindo erro de Seán. Porque realmente foi um erro Seán ter tido uma filha, e um erro específico ele ter esta filha; uma menina que olha o mundo com olhos cinzentos, com uma cabeça que é toda dela. Amantes podem ser substituídos, penso, um pouco amargamente, mas filhos não. Seja ela quem for, ele está para sempre amarrado ao amor por Evie.

Acho que eu a amo também, um pouco.

Seu telefone toca e sei que é ele, que aterrissou afinal. Ela leva um século para apoiar a bolsa, encontrar o telefone e ler a mensagem. (Espero que o meu telefone soe, mas não soa.)

— Ele vai demorar, tipo, quarenta minutos — ela diz.

A neve vai derreter, as casas serão vendidas — uma casa ou outra —, e Evie vai crescer ou de alguma outra forma vou perdê-la. Não que a tenha tido de fato. Mas, quer seu pai fique comigo ou não, vou perder essa menina.

Digo:

— Sei que é difícil o que aconteceu com seus pais, Evie.

Ela não responde.

— Só acho é que ia acontecer de um jeito ou de outro. Quer dizer, podia ter sido qualquer uma, sabe?

Ela prossegue; um passo arrastado atrás do outro.

— Mas não foi — diz ela.

Não consigo ver bem seu rosto.

— Foi você.

Agradecimentos

Muito obrigada a Geraldine Dunne da Brainwave, a Associação Irlandesa de Epilepsia, e à minha velha amiga, Aideen Tarpey, agora no NHS, pelas conversas e informações sobre epilepsia em crianças: todos os erros de informação ou de ênfase são, evidentemente, de minha responsabilidade.

Agradeço a Lia Mills por ler os primeiros capítulos e me animar a continuar.

Agradeço a todos da Rogers, Coleridge & White, às pessoas da Random House e, como sempre, à minha agente Gill Coleridge e a Robin Robertson, meu editor por todos esses anos.

Este livro foi impresso
pela Geográfica para a
Editora Objetiva em
outubro de 2012.